大結局
大唐秘梟
卷·9
千門世家
方白羽著

大唐秘梟

卷·9 千門世家

目錄

篡位

第一章

這話觸動了李亨心中最脆弱的那根神經，
他並不懷疑郭子儀的忠誠，
但是誰能保證他帳下的將士不會有自己的打算，
要是他們鼓動郭子儀擁兵自重，
甚至另起爐灶，豈不又是一個安祿山？

激越的戰鼓在曠野迴蕩，唐軍以突擊的楔形陣向史思明的防線緩緩推進，隨著兩軍距離的接近，唐軍推進的速度越來越快，猶如一股奔湧的激流，當他們接近叛軍陣前，就見一陣弩箭猶如飛蝗從敵陣中飛出，鋪天蓋地地落在衝鋒的人群中，還好前鋒士兵都有盾牌護體，損失並不算大。當叛軍兩輪箭雨過後，唐軍前鋒已衝破叛軍的鹿角障礙，與叛軍絞殺在一起。聲嘶力竭的吶喊聲，即便是在中軍的任天翔也清晰可聞。

史思明擺出的是一個以防守爲主的環形陣，依託預先構築的工事進行抵抗。唐軍人數雖然比叛軍多出不少，但是分屬四個節度使指揮，四支隊伍戰鬥力參差不齊。李光弼和老將王思禮的部隊戰鬥力與叛軍精銳不相伯仲，但許叔翼和魯炅的部隊戰鬥力卻明顯比叛軍差了一大截，加上唐軍是主攻方，面對有營寨和工事依託的叛軍，一時間竟占不到半點便宜。

李光弼焦急地遙望叛軍中軍大營方向，按約定，當前方激戰正酣之時，包抄到史思明後方的騎兵將向其中軍發起衝擊，只要令史思明中軍動搖甚至混亂，叛軍的士氣定受打擊。戰場情況瞬息萬變，後方的戰況很難及時通達全軍，有時候來自後方的一個謠言，就可以動搖守軍的信心，到那時，叛軍的防線就將土崩瓦解。

叛軍後方終於傳來隱隱的馬蹄聲和吶喊聲，李光弼緊繃的臉上終於露出了一絲輕鬆，他相信以唐軍最精銳的三萬騎兵發起的突襲，定會讓史思明手忙腳亂，現在史思明理應將對付騎兵的長槍隊放在了防守的最前線，其後軍面對騎兵的突然襲擊，即便不會一觸即潰，也難以擋住騎兵的衝擊。

李光弼正待下令部隊全力進攻，卻聽一旁的任天翔失聲道：「不好，叛軍後方陣勢未亂，咱們的騎兵好像反而陷入了重圍。」

李光弼也想知道叛軍後方的戰況，但以他現在所在的位置，僅能聽到那隱約的馬蹄聲。他不禁奇道：「公子從何得知遠方的戰況？」

任天翔指向天邊道：「塵土起處止於一線，說明騎兵根本沒能突破叛軍後方的防線，而且他們被困於一隅，說明叛軍早有準備，騎兵危險了！」

李光弼順著他的目光望去，但見叛軍後方瀰漫著依稀的塵土，不過也僅是塵土而已，看不出任何門道。他心中正有些將信將疑，突聽前鋒傳來陣陣歡呼，原來叛軍開始退縮，環形陣出現了一個口子，唐軍正從缺口蜂擁而入，聲威大振。

「任公子好像看錯了，咱們的騎兵收到了奇效，叛軍軍心開始動搖。」一名將領呵呵大笑，轉向李光弼道，「下令發起總攻吧，機會難得！」

此刻李光弼神情卻凝重起來，他多次與史思明交過手，知道史思明所部兵馬的戰鬥力，像這麼快就防線動搖，實在令人有些生疑，加上任天翔的提醒，他隱約感覺到其中有詐。但是現在唐軍已不受他節制，除了他的中軍未動，王思禮、許叔翼和魯炅的兵馬，已爭先恐後越過叛軍防線，向史思明的中軍大營突進。

「不好！叛軍後方的塵土，開始逐漸散去。」就在唐軍震耳欲聾的歡呼吶喊聲中，突聽任天翔失聲輕呼。

李光弼連忙舉目望去，就見叛軍後方再無新的塵土揚起，側耳聆聽，先前那隱約的馬蹄聲和吶喊聲也都消失，李光弼心中一凜，臉上微微變色。他知道這意味著三萬騎兵很可能已被叛軍消滅。不過這實在太令人難以置信，他一時還難以接受。

在李光弼和任天翔看不到的叛軍後方戰線時，司馬瑜正在心滿意足地看著叛軍打掃戰場。由於有窺天珠之助，他預先在後方陣線設下了一個由各種戰車和騾車組成的口袋陣。當三萬唐軍騎兵發起突襲時，正前方遇到了騎兵的剋星，由無數長矛方陣組成的防守陣線，後方則是戰車和騾車合圍，將三萬騎兵包圍其中，成為弓箭手的活靶子。

司馬瑜親自指揮了對這三萬騎兵的屠殺，他知道只要消滅這三萬最精銳的唐軍騎兵，失去騎兵的李光弼就只剩下挨打的份了。

「報！唐軍前鋒已突破第一道防線！」傳令兵飛速來報，這讓司馬瑜十分得意。本來像這樣的戰報，史思明完全可以不必專門派人來報告他，只要按原定計劃行動就夠了，特意派人來報，顯然是對他的尊重和信任，可見他在史思明心中的地位，已不可同日而語。

「很好，你回報史將軍，就按原計劃執行，我即刻率軍趕去增援。」司馬瑜令副將揮動令旗，開始胸有成竹地調兵遣將，讓後軍儘快趕到中軍增援史思明。

唐軍前鋒突破叛軍第一道防線後，不約而同地直撲史思明中軍大營，但見前方一道高約一丈，寬數十丈的營寨巍然矗立，寨前鹿角森然，寨上弓箭手林立，不等唐軍兵卒靠近，箭雨就傾瀉而來。

要想以步卒破此營寨，無疑以卵擊石。前鋒將領見狀急令後撤，但見此時叛軍騎兵已從兩翼包抄，截斷了唐軍的退路。唐軍前鋒頓時進退失據，攻勢頓挫。

李光弼見唐軍前鋒身陷敵陣，再不救援就將全軍覆沒，他略作權衡，便令中軍全力出擊。他知道此舉十分冒險，不過要想扭轉戰局，也只有出此下策，冒險一搏。

就在李光弼中軍全線出擊之時，立在高處的司馬瑜已將唐軍的行動看得一清二楚，他向一旁的副將微微點了點頭。副將立刻揮動令旗，向史思明示意唐軍突擊的方向。史思明立刻親率精銳騎師，予以迎頭痛擊。

唐軍失去寶貴的騎兵，在來去如風的范陽精騎面前，只有被動挨打。但見范陽騎兵呼嘯來去，他們並不與唐軍接戰，只在遠處亂箭齊射，不斷消耗唐軍的戰力。唐軍僅憑步卒，只能被動防守，人數雖眾，卻對叛軍構不成任何威脅。經過數輪消耗，史思明親率騎師全線出擊，叛軍由守轉攻，到此時，就算是戰鬥力最強的朔方軍，也難以抵擋叛軍的突擊。

眼看戰事不利，魯炅與許叔翼最先帶兵後撤，他們未經將令就擅自撤離戰場，頓時動搖了唐軍軍心，眾將士爭先恐後隨之後撤，再不遵主將號令，唐軍的防線開始崩潰。

李光弼眼看唐軍全線潰敗，只得一聲長嘆，率朔方軍殿後，掩護全軍撤退，同時令人往魚朝恩處求援。此時史思明的騎兵已衝到李光弼前方，對潰敗的唐軍輪番截殺，李光弼派出求援的將領，也死在叛軍手裏。

任天翔見狀，立刻率義門眾士奮力突圍，直奔唐軍大營求援。他最先見到郭子儀，忙將戰情簡略彙報。郭子儀心知救兵如救火，來不及稟報魚朝恩，便率本部人馬接應李光弼。兩軍在半道會合，郭子儀的生力軍打退了史思明的追兵，暫時穩住了唐軍陣腳。

唐軍的調動很快就落在司馬瑜眼裏，有窺天珠之助，他比唐軍統帥魚朝恩還先一步知道唐軍的調動情況，他立刻令人燃起狼煙，向鄴城的安慶緒發出了反攻的信號。

安慶緒看到約定的信號，令人打開城門，親率守軍發起反攻。此時唐軍若調度得當，憑其優勢兵力，還可與叛軍一戰。但唐軍主帥魚朝恩從未經歷過戰陣，但聽四周喊殺聲震天，鄴城的守軍竟然棄城而出發動反攻，他早已亂了分寸，急令中軍後撤。其餘幾路兵馬見中軍大旗動搖，不知就裏，也紛紛後撤。各節度使皆有保存實力的私心，競相撤離戰場，撤退很快就變成了潰敗，在叛軍騎兵追擊之下，一發不可收拾。到最後，將不知帥，帥不知兵，數十萬大軍已成一盤散沙，紛紛各自逃命。到了這個時候，即便以郭子儀、李光弼之能，也是無力回天了。

叛軍在史思明率領下一路追殺，不給唐軍任何喘息之機。沿途州縣聽說唐軍六十萬大軍竟被擊潰，早已嚇破了膽，而唐軍潰兵在大敗之後也變成了土匪，趁混亂洗劫百姓，因此沿途州縣不等叛軍殺到，地方官就紛紛棄城而逃。

郭子儀與李光弼率幾萬殘兵一直敗退到洛陽，也沒得到地方的補給，面對已經十室九空的洛陽，二人都知道僅憑這幾萬敗兵絕對難以堅守。二人經過商議，決定放棄洛陽，由郭子儀退守潼關，李光弼則率軍退守河陽，以牽制史思明的大軍繼續西進，威懾長安。

史思明令前鋒繼續追擊唐軍，自己卻率中軍回師鄴城。但見鄴城城門緊閉，安慶緒竟不放他入城。原來安慶緒趁史思明追擊唐軍之時，將唐軍丟棄的糧草輜重全部搬入城中，有了這批給養，他再守個一年半載也沒問題。

史思明對安慶緒的舉動倒也不生氣，他將司馬瑜請來，意味深長地笑道：「現在，該是先生實現諾言的時候了。」

司馬瑜頷首道：「將軍放心，在下答應你的事，就一定會辦到。不過將軍得先做一件事。」

史思明忙問：「什麼事？」

司馬瑜淡淡道：「在城外搭起高臺，邀聖上警告天地、歃血為盟，共同復興大燕。」

史思明略一沉吟，便爽然大笑道：「好！就依先生所囑，設壇祭天，共襄盛舉！」

史思明一聲令下，高臺克日而成，他便以歸還玉璽為由，邀安慶緒出城結盟祭天。與此同時，司馬瑜也休書一封，令辛乙悄悄送到城中。安慶緒看到司馬瑜的密函，再無懷疑，不顧手下的勸阻，立刻率五百精兵出城來見史思明。

當安慶緒來到史思明大帳，但見帳下刀斧手林立，自己所率兵卒根本微不足道。他心知不妙，立刻對史思明躬身拜道：「叔父在上，侄兒給你老請安！」

史思明也不還禮，懶懶問道：「陛下乃大燕國皇帝，你這不是要折殺老夫麼？」

安慶緒忙陪笑道：「大燕國的江山乃是叔父與先皇聯手打下，侄兒不過是竊居此位。

侄兒早有諾言，只要叔父解了鄴城之圍，侄兒便將這皇位禪讓叔父，並以玉璽為憑，叔父難道懷疑侄兒的誠意？」

史思明手撫鬍鬚嘿嘿冷笑道：「你先告訴我，你這皇位是如何而來？我義兄安祿山是如何死的？」

安慶緒一愣，正不知如何回答，就聽史思明一聲厲喝：「是你聯絡內侍李豬兒，以下犯上將我義兄弒殺。你以為此事做得天衣無縫，卻不知我手中已有確鑿證據，看你還能如何抵賴！」

當初安慶緒確實是將殺害安祿山替身的任務，交給負責服侍他的內侍李豬兒。這事辦得十分隱密，按說不該有人知曉，而且事成之後，安慶緒又聽從司馬瑜建議，將李豬兒殺了滅口，而且是交由司馬瑜親自去辦。這事知道的人寥寥無幾，史思明怎麼會知曉？

安慶緒正在狐疑，就見史思明拿出一封密函，展開在他面前。但見密函上將安慶緒下令殺害安祿山的時間、地點、經過等等細節交代得詳詳細細，密函下方的落款正是李豬兒。

安慶緒愣了半晌，終於有所醒悟，急忙一跳而起，厲聲喝道：「司馬瑜那小子在哪裡？快叫他出來見我！」

安慶緒身形方動，左右刀斧手已一擁而上，將他摁倒在地，他拼命掙扎，聲嘶力竭地大叫：「我殺的只是先皇的替身，父皇在起事前就已經死了，有父皇的貼身侍衛可為我作證！」

史思明嘿嘿冷笑道：「這種謊言你也編得出來，好，你就告訴我誰可為你作證？」

安慶緒突然想到，那些知道實情的侍衛，早已被自己盡數滅口，現在知道這隱情的，除了司馬瑜，就只剩下辛氏兄弟。

他猶如溺水者抓住了最後一根稻草，忙轉向一旁的辛乙祈求：「阿乙！你快告訴他們實情，告訴他們父皇早就已經死了，跟我沒有任何關係！」

所有人的目光都轉向了辛乙，他們雖然是史思明部下，但其中有不少人也是安祿山舊將，對他的兒子多少也還有幾分舊情，所以很想知道真相。

就見辛乙對安慶緒躬身一拜，愧然道：「陛下對我恩重如山，辛乙一直銘記在心，但我不能昧著良心說瞎話，望陛下恕罪。」

安慶緒一愣，跟著不禁破口大罵：「辛乙你這個王八蛋，居然在這個時候背叛我！看我不誅你九族，滅你全家！」

辛乙眼中剛開始還有些不忍，待聽到誅滅九族的話，他眼中陡然閃過一絲寒芒，轉向史思明道：「將軍明鑒，陛下所說之事我一無所知，不敢爲他作僞證，望將軍爲小人做主。」

史思明點點頭，不再理會拼命掙扎嚎叫的安慶緒，轉向眾將問道：「現在事情已經清楚了，弒殺先帝者該當何罪？」

「殺無赦！」眾將異口同聲地道。就是先前還對安慶緒抱有幾分舊情的安祿山舊部，現在也是同仇敵愾，恨不能親手爲舊主報仇雪恨。

史思明對眾將的回答十分滿意，不過他卻故作悲戚地嘆道：「雖然這小子殺父弒君，理應千刀萬剮，但念在他好歹也做過幾天皇帝，便留他個全屍吧。」說著，他微微擺了擺手，一名心腹將領立刻心領神會，取下長弓，將弓弦套在安慶緒脖子上，然後慢慢轉動長弓，就見弓弦逐漸絞緊，一點點勒進了安慶緒脖子。

安慶緒拼命掙扎，奈何手腳俱被刀斧手摁住，無法掙脫。他只能恨恨地瞪著史思明和辛乙，帶著滿腔的憤懣和不甘，被弓弦生生縊殺。死後猶雙眼圓瞪，死不瞑目！

「將安慶緒弒父之罪昭告三軍，然後以王禮厚葬吧。」史思明似乎有些傷感，不過眼中卻有掩飾不住的得意之色，他對幾名心腹將領一揮手，「即刻率軍入城，若遇抵抗，即刻予以消滅。」

「等等！」司馬瑜從後帳中緩緩踱出，他的臉上隱有悲戚，似乎在爲故主的死難過。看到兵卒將安慶緒的屍體拖了出去，他才對史思明道，「請將軍容我先行入城，讓鄴城守軍開門迎接將軍。」

史思明呵呵笑道：「這樣最好，那就有勞先生了。」

司馬瑜帶著辛氏兄弟來到鄴城，將安慶緒之死向大燕國倖存的將士通報後，眾將士心中雖有疑問，但也不敢與史思明大軍抗衡，只得答應率軍投降。

不過，唯有一人卻不將史思明放在眼裏，她徑直來到司馬瑜面前，澀聲質問：「我哥哥究竟是怎麼死的？」

司馬瑜羞慚道：「史思明假借歸還玉璽，將陛下騙出鄴城，然後藉口陛下弒殺先皇，所以……」

安秀貞一把扣住司馬瑜要害，厲聲質問：「你明知道父皇的死跟我哥哥沒有任何關係，爲什麼不阻止？」

辛乙見安秀貞威脅司馬瑜，本能地拔刀指向其後心，安秀貞卻不管不顧，只一瞬不瞬地盯著司馬瑜的眼眸。

司馬瑜示意辛乙收起兵刃，然後揮手令眾人退下，待殿中僅剩他與安秀貞二人，他才無奈道：「史思明狼子之心，昭然若揭，就算沒有先帝這事，他也會另找藉口。」

安秀貞鳳目含煞，澀聲問：「我哥哥死了，爲何你卻還活著？」

「因爲我怕死，不想做無謂的犧牲。我要留下自己這條性命，爲陛下報仇雪恨。」司馬瑜說到這，語氣一轉，黯然嘆道，「再說，你還在鄴城，還在史思明大軍的威脅之下，我又豈能不顧你而去？我現在向史思明屈服，只是權宜之計，以後但有機會，我定要爲陛下報仇！」

安秀貞眼中雖然還有質疑，但面對司馬瑜坦誠的眼神，她最終還是緩緩放開了手，澀聲道：「但願你說的是真話，你要是騙我，我會跟你一起死。」說完放開司馬瑜，毅然轉身而去。

見安秀貞要走，司馬瑜忙問：「貞妹要去哪裡？」

安秀貞苦笑道：「我不走，難道要向史思明乞命？你放心，我會照顧自己，我還要留著這條命，爲我哥哥報仇！」

不等司馬瑜再阻攔，安秀貞已飄然而去。

司馬瑜眼中隱約有些不捨，但最終還是沒有再追，只緩緩來到殿外，對等候在門外的將領吩咐：「打開城門，迎接史將軍入城。」

史思明入城之後，聽說安秀貞已離去，他臉上微微變色，跺足道：「我忘了安慶緒還有個厲害的奶奶，雖然年事已高，活不了幾天，但在薩滿教中，她的地位無比尊崇。要是她追究起來，這麻煩可是不小。」

司馬瑜胸有成竹地道：「將軍不必擔心蓬山老母，我向將軍推薦一個人，有他在，蓬山老母和薩滿教也只能對將軍俯首稱臣。」

「是誰？」史思明忙問。

「就是摩門大教長佛多誕。」司馬瑜從容道。

史思明微微變色，頷首道：「我聽說過他的名號，確實可與蓬山老母相抗。不過我與他素無交情，他憑什麼幫我？」

司馬瑜道：「佛多誕一直想在中原公開傳教，只是苦於沒有朝廷的扶持，要是將軍肯將他的光明教立爲國教，他定然樂意爲將軍效勞。」

史思明大喜道：「這有何難？只要他肯爲我效力，就算讓我拜他爲國師也無妨。」

司馬瑜頷首道：「既然將軍有如此胸懷，我這就修書一封，邀他到將軍帳下共商大事！」

史思明喜道：「這事便由先生替我全權處理，就讓他到范陽來見我，本將軍拜他爲國師，奉光明教爲國教。」

第二天一早，史思明挾擊敗六十萬唐軍的雄威，風風光光地班師回范陽。離去前，他將鄴城改爲相州，留長子史朝義駐守。回到范陽後，他在手下眾將的力勸下，最終自立爲帝，成爲大燕國新的皇帝。

在史思明登基，忙著肅清安氏父子影響的這段時間，大唐終於獲得了寶貴的喘息之機。李亨趁機收拾殘局，賞罰功罪。

按說鄴城會戰這樣的慘敗，理應斬幾名將帥以止軍紀，但鄴城會戰的主帥是魚朝恩，是李亨不顧李泌等人的勸阻親自任命，處罰他豈不是白扇耳光，如果不處罰魚朝恩，卻將責任推給旁人，又何以讓人心服？所以李亨權衡再三，最終沒有追究眾將責任，反而提拔郭子儀爲東畿、山東、河東諸道元帥，知東京留守，全權負責對叛軍的防禦。另外還厚賞了在這次戰役中不幸亡故的兩位節度使——李嗣業是攻城時被毒箭所傷，在營中養傷時，聽到李光弼與史思明激戰的號鼓，奮然而起欲往助戰，結果傷口迸裂而死；魯炅則是在敗逃之時，其部下沿途燒殺擄掠，被地方官告到朝廷，魯炅畏罪服毒自殺。二人俱不是死於戰場，但李亨依舊作爲戰死的功臣厚賞，以安各路唐將之心。

魚朝恩不通軍事又不聽眾將建議，最終釀成鄴城慘敗，怕皇上追究，他便將責任一股腦推到郭子儀身上。只說郭子儀自恃功高，不聽調遣，不遵號令，其餘幾路節度使也都看郭子儀眼色行事，而他這個宣慰使根本指揮不動兵馬。

這話觸動了李亨心中最脆弱的那根神經，他並不懷疑郭子儀的忠誠，但是誰能保證他帳下的將士不會有自己的打算，要是他們鼓動郭子儀擁兵自重，甚至另起爐灶，豈不又是一個安祿山？

大唐已經仰仗郭子儀太多，不能再將前途和命運繫於郭子儀一身。想到這，李亨終於下了決心。就在史思明范陽稱帝之後不久，他下詔將郭子儀召回京城，朔方節度使一職交由李光弼代理。郭子儀雖然位列三公，但卻被皇上剝奪了兵權，從此在京中賦閒。

任天翔一向與李光弼不對盤，既然郭子儀被明升暗貶，他也就沒有心思再留在軍中效力。而且離京日久，他也想念留在長安的義門兄弟，便與杜剛、任俠、小川流雲等人一道，隨郭子儀回往長安。

義安堂與洪勝堂在幫助唐軍收服長安的香積寺大戰中，發揮了極其重要的作用，因此在長安百姓心中威望更勝從前，得知它們的門主任天翔，與興唐名將郭子儀同回長安，全城百姓竟空城而出，去十里外夾道歡迎，成爲長安有史以來最大一場由百姓自發舉行的盛事。

看到前來迎接的長安百姓，郭子儀不禁感動得熱淚盈眶，心中那一點怨氣也煙消雲散。任天翔卻是憂心忡忡面無喜色，他知道如果之前郭子儀還有復職希望的話，現在卻再無半點可能。任何一個帝王也不會放心將軍隊交給一個民心所向、威望無雙的將領，這次盛會是郭子儀人生的頂峰，也將是他軍事生涯的終結。看到郭子儀還在為百姓的歡呼敬仰沾沾自喜，任天翔就不禁為他感到一絲悲涼。

雖然任天翔是守衛睢陽的功臣，又是義門的門主，但在百姓眼裏，顯然郭子儀才是主角。任天翔也識趣地避過一旁，並不上去湊趣，隨著閱歷的增長，他越來越懂得樹大招風的道理。

就在他快要被所有人忘掉的時候，卻突然發現還有一個更為低調的人，混雜在歡迎郭子儀的人群中，一身布衣，全然不引人注意。

任天翔忙丟下眾人迎上前，拱手拜道：「李兄怎麼也親自出迎？我這就稟報郭令公。」

那布衣儒者忙攔住任天翔，微微笑道：「老將軍現在要接受百姓的歡迎，咱們就不要打攪了。為兄是專程前來迎接兄弟，望兄弟移步一敘。」

半個多時辰後，任天翔已隨李泌來到他的住所，就見他依然還住在原來那所雅致的小院，清幽雅靜，沒有任何迎來送往。

任天翔不禁在心中暗嘆：李泌是皇上身邊最爲信任的謀臣，無論是憑才幹、論功勞還是講關係，他都完全勝任大唐帝國的宰相，而且皇上也一直有這個意願，但都被李泌堅辭。他只以長史的身分爲皇上出謀劃策，要說低調，誰能比得上李泌？要說對朝廷的影響力，又有誰比得過李泌？

二人分賓主坐下，就聽李泌笑道：「知道公子回來，我已令人準備香茗，以敬公子。」

雅室門開，一個素淨到一塵不染的年輕人猶如精靈般翩然而入，他向李泌和任天翔微微一禮，然後便開始將茶具一個個鋪排開來，看他那專心致志又一絲不苟的模樣，簡直就如同在舉行一個宗教儀式。

任天翔一見之下十分驚訝，他認出這年輕人竟然就是陸羽，沒想到歷經戰亂，他居然還是那樣翩然出塵，除大了幾歲，眉宇間多了幾分成熟和穩重，與當年幾無二致。任天翔不禁嘆道：「沒想到羽仙風采依舊，茶藝更勝從前。」

陸羽微微笑道：「一個人如果心中只有茶，身外的變故對他就不會有太大的影響。當年在下有幸爲兩位公子煮茶，沒想到多年之後，陸羽依然還是陸羽，兩位公子卻已物是人非了。」

想起當年與李泌品茗相識的情形，任天翔不禁心生感慨。默默接過陸羽的茶湯輕輕抿了一口，但覺茶香中隱帶一絲苦澀，更顯醇厚多變，令人回味悠長。

就聽李泌笑問：「不知公子從這杯香茗中，品出了什麼味道？」

任天翔略一回味，不禁頷首讚道：「茶仙就是茶仙，我從這杯香茗中，品出了世事的無常和戰亂的苦澀，我還品出了陸先生心中的悲憫和哀傷。一杯香茗，竟飽含了先生對人生的感悟和期盼，令人嘆爲觀止。」

陸羽微微嘆道：「這杯亂世情，也唯有任公子這樣的知音才有資格品嘗。」

飲茶三杯，陸羽悄悄退下。

任天翔默默放下茶杯，望向李泌問道：「李兄是不是又有什麼差遣，所以特令陸羽奉上這杯亂世情？其實以李兄現在的身分，既是聖上身邊最重要的謀臣，又是華夏門的門主，有什麼差遣只需一句話，咱們義門上下，無不欣然從命。李兄何必以敘舊爲名，對我用上以情相動的手段？」

被任天翔當面拆穿，李泌倒也不惱，他的眼中隱然有一絲憂色，遙望天邊淡淡道：

「如今的聖上已不是當年的太子殿下，他收服兩京，重振河山，乃大唐中興之主，已有自己的想法和主見。爲兄現在雖然依舊是聖上最爲倚重的謀臣，但除了爲兄，聖上身邊還有許多可用之人，除了李輔國、魚朝恩之輩，後宮的張皇后也時常幫聖上過問朝政，爲兄能發揮的作用越來越小。」

任天翔雖然久未回京，也聽說過這幾個人。魚朝恩自不必說，他已領教過這太監的本事，李輔國是皇上身邊最爲寵信的太監之首，當年李亨還在做太子時就一直追隨，在聖上心裏自然是被當成自己貼心的奴才，而那張皇后原本只是個不入流的宮女，因善於奉承而被聖上一步步扶上正宮娘娘寶座。

有這三人在皇上身邊，任天翔開始有些理解郭子儀的遭遇，他微微嘆道：「難怪郭令公會遭聖上猜疑，有這等奸佞在身邊，難怪會有這種事發生。看來我是錯怪了先生，以爲郭令公的遭遇，是先生不作爲的結果呢。」

李泌淡淡道：「郭子儀在社稷將傾之際力挽狂瀾，後又率朔方軍擊敗叛軍精銳，功勞之大天下無雙。大唐百姓都知道郭令公不僅是收服兩京的功臣，更是保護洛陽百姓免遭回訖洗劫的恩人，所以聽到他回京，盡皆出城相迎。無論軍心民心，皆讓聖上深爲忌憚，即便沒有奸佞挑撥，聖上遲早也會將郭令公閒置起來。畢竟江山只有一個，而能打仗的統帥卻不止一人，不用郭子儀，還有李光弼、王思禮、僕固懷恩等人可用，就算慢一點收服國土，也總好過江山受到威脅。」

任天翔知道當年皇上爲向回訖借兵，不惜許下「土地歸大唐，女子玉帛歸回訖」的條件，回訖助大唐收服兩京後，便按李亨的許諾大肆搶劫，是郭子儀說服大戶籌集銀錢，才總算將回訖打發回去。

在這件事上，郭子儀贏得了民心，卻也讓皇上在百姓心目中形象大打折扣。加上今日百姓空城迎接郭令公的盛舉，也讓聖上不敢再用郭子儀。想到這，任天翔隱約猜到了李泌的意圖，卻故作不解地問道：

「郭令公即便被解除兵權，依然位列三公，後半生有享不盡的榮華富貴。他已年近古稀，能趁這機會急流勇退，也不失爲一個好的結局，李兄又何必爲郭令公操心呢？」

「我不是爲郭令公操心，而是爲大唐江山社稷以及天下百姓操心。」李泌坦然道，「聖上已令李光弼頂替郭令公爲朔方節度使，天下兵馬副元帥。史思明在范陽坐穩江山後，必定會揮師南下，繼續西侵。爲兄審度兩軍實力和雙方將帥的才能，敢斷言李光弼最多能拖住史思明西侵的步伐，要想擊敗他那是難如登天。現在史思明身邊有了司馬瑜這個奸雄，形勢對唐軍極爲不利，若沒有非常手段，平叛大業恐怕依舊是遙遙無期。」

任天翔皺眉問道：「不知李兄口中的非常手段，是指什麼？」

李泌沒有回答，卻反問道：「你是否還記得史朝義？」

任天翔一愣，立刻想起了那個與自己有過一次衝突的少將軍。他頷首笑道：「當然記得，聽說他是史老賊的兒子？」

李泌點點頭：「是長子。不過他的母親出身卑微，是在史思明尚未發跡前娶的結髮妻子，無論出身、相貌還是人品都很普通，所以史思明發跡後就將她冷落了，另娶了現在這個老婆。所以史朝義雖爲長子，但史思明寵愛的卻是他同父異母的弟弟史朝清，並有意立之爲僞太子。不過史朝義追隨乃父征戰多年，在軍中有一定的威信，不是那個一直在范陽享福的弟弟可以比擬，所以史思明立僞太子的事就一直拖了下來。現在史朝義的日子非常難過，其父若立史朝清爲太子，那史朝義的下場也就可想而知了。」

任天翔恍然省悟：「你是想激史朝義造他老子的反，唐軍無法從正面擊敗史思明，就在他背後使這陰招，讓叛賊內部自相殘殺？」

李泌點頭笑道：「兩國交戰，不光是軍事上的較量，也涉及到宮廷和各種勢力之爭，善戰者需利用一切手段和計謀，以求以最小的代價達到最大的戰果。如果能激反史朝義，甚至助他除掉史思明，那麼叛軍就不足爲懼，戰亂指日可平！」

任天翔瞠目結舌，不禁為李泌這個設想暗自驚嘆，這設想不光異想天開，而且出奇大膽，若真能實現，確實可以以最小的代價達到最大的戰果。不過他卻還是有些懷疑，沉吟道：「史朝義與史思明畢竟是父子，要想挑撥他們到自相殘殺的地步，難度恐怕不是一般的小。」

「史思明乃胡人，胡人尊卑長幼之念淡薄，父子親情更是遠不及漢人牢固，況且有安祿山父子的先例在前，咱們未嘗不可一試。」李泌徐徐道，「不過史朝義實力有限，要想他能有所作為，咱們得暗中助他一臂之力。任兄弟與那史朝義也算是舊識，這個艱難而危險的任務，唯有公子可成。」

任天翔早猜到李泌的用意，不禁搖頭苦笑道：「我與那史朝義只有仇隙，沒有半點交情，你讓我如何取得他的信任？更別說將他激反。再說，史思明身邊尚有司馬瑜這樣的人精，論玩陰謀耍手段，我又豈是他的對手？你這不是讓我自投羅網麼？」

李泌淡淡笑道：「如果只有你和義門弟子，這事確實難成。但是現在你還有兩個盟友，所以並非全無機會。」

任天翔忙問：「誰？」

李泌悠然道：「一個是安秀貞，另一個是邱厚禮。」

見任天翔有些不解，李泌耐心解釋道：「史思明篡位弒君，已與安氏一族成為死敵，安家還有蓬山老母和安秀貞，以及追隨她們的薩滿教徒。為了復仇，我想她們一定願意成為你的幫手。」

任天翔深以為然地點點頭，又問：「邢邱厚禮呢？他可是個反覆無常的小人，怎麼可能為我所用？」

「正因為他是個反覆無常的小人，所以才會為公子所用。」李泌微微笑道，「唐軍包圍鄴城之時，他見跟著安慶緒前途渺茫，曾秘密修書與儒門師兄弟們聯絡，意圖向朝廷投誠。只是後來戰局變化，他才沒有來得及背叛安慶緒。不過他那些密函已經落到我手裏，你只要善加利用，不怕他不會為你所用。除此之外，還有幾個老朋友，也願意助公子一臂之力。」

隨著李泌一擊掌，就見門扉微開，一個身材高大的漢子已緩步進來，對任天翔拜道：「儒門弟子願與公子再度聯手，實現華夏門門主這驚天義舉。」

進來的是肖敬天，想必儒門眾劍士也已集結待命。經過睢陽一戰，任天翔對肖敬天等儒門劍士早已沒有半點好感，而且見到他們，就難免勾起任天翔那竭力想要忘記的經歷。

他沒有搭理肖敬天，只對李泌道：「義門以義安天下為己任，只要能儘快結束戰亂，義門弟子赴湯蹈火，在所不辭。我可以答應李兄之請，不過你得先答應我一個條件。」

李泌忙道：「公子儘管開口。」

任天翔淡淡道：「我不想與儒門弟子共事，尤其是參與過睢陽保衛戰的所有儒門劍士。」

肖敬天臉上頓時十分尷尬，雙手抱拳僵在當場。

還是李泌開口爲他解圍道：「既然義門有把握獨自完成這件大事，那麼知道這事的人自然是越少越好。沒問題，我答應你的條件，儒門弟子決不會影響到你的行動。」

任天翔慢慢擱下手中把玩的茶盞，淡淡道：「多謝李兄這杯茶，這茶好是好，就是太貴，望李兄以後再不要請我喝這樣的茶。」

說著，任天翔推杯而起，李泌忙起身相送，二人來到門外，李泌緊緊握住任天翔的手道：「能否由內部瓦解叛軍，就看任兄弟隨機應變了。我替天下百姓謝謝公子，謝謝義門眾義士！」

盟友

第二章

史思明弒殺安慶緒奪了安家江山後，最怕遭到蓬山老母報復。

現在他即將起兵南征，最怕蓬山老母在自己范陽老窩搞小動作，

所以必須要拔除這根扎在後方的刺。

但是他不能調動信奉薩滿教的部下去幹這事，

所以借助外人達到目的，成為他唯一的選擇。

范陽，以前只是邊陲重鎮，現在卻已是大燕國都。當史思明在此登基稱帝後，大燕國便進入了史姓時代。

史思明在鄴城一戰中，以十餘萬人馬擊潰大唐六十萬大軍，他的聲望達到了人生的頂點，取安慶緒而代之自然是順理成章之事，有沒有安慶緒弒父這條罪名，已沒有多大關係。

不過，爲了肅清安家的影響，史思明還是放棄了對大唐的乘勝追擊，而是用了大半年的時間來穩固後方，剷除安氏餘黨，直到江山穩固之後，他才決定繼續南征，與大唐爭奪天下。不過在爭奪天下之前，還有一件事必須要做，那就是另立國教。

金鑾殿上，史思明將信將疑地打量著司馬瑜推薦的國師——摩門大教長佛多誕。

雖然摩門在民間已被傳得神乎其神，但史思明不是那些愚夫愚婦，決不會輕信任何怪力亂神，他淡淡問道：「聽說大教長在長安大雲光明寺，曾借光明神之力，令一個冒犯貴教的人無火自焚，在泰山百家論道盛會上，更以一個拜火大陣威震天下，不知可有此事？」

佛多誕不亢不卑地答道：「確有此事。」

史思明不動聲色地問：「那真是光明神之力？還是光明神借人之手作祟？」

佛多誕心知史思明乃一代梟雄，不可像一般人那般愚弄，所以他坦然道：

「回聖上，這其實是傳自波斯光明教的一種武功，名烈焰刀，乃是以至陽至玄之內力，將無源天火逼入人體，在條件合適之時，便會無火自燃。簡單來說就是一種神秘的武功，並非任何神力。」

史思明對佛多誕的坦白很滿意，不過他並不會輕信任何傳言，所以又問：「大教長能否為朕演示一二？」

「可以，」佛多誕撫胸道，「不過這烈焰刀威力難測，一旦發出，即便是本師也無法完全控制。」

史思明明白佛多誕言下之意，他略一沉吟，轉向一旁的司馬瑜笑道：

「安慶緒的護衛將領不是有心效忠於朕麼？聽說他還是北燕門有數的高手，便讓他來試試佛多誕大教長的『光明神之威』吧。對了，還有個崔乾祐，雖然曾追隨安慶緒弒殺先帝，按罪當斬，但好歹也是擊敗過哥舒翰，第一個攻入長安的功臣。朕便給他一個將功贖罪的機會，與燕寒山聯手試試大教長，只要他們能勝過大教長，朕便赦免他們一切罪孽。」

司馬瑜知道崔乾祐與燕寒山雖是安慶緒的心腹，但好歹也是大燕國開國的功臣，史思明不好公然殺害，所以要借佛多誕之手，也借此機會試試佛多誕的真正本領。他心領神會地點點頭，立刻讓人傳令下去，讓人將崔乾祐和燕寒山帶到宮門外的大教場。

史思明率眾人來到教場，在文武百官陪同下居高而坐，然後讓內侍將自己的意思轉告了崔乾祐和燕寒山，二人自然滿口應承。他們知道身為安慶緒的心腹，要想贏得史思明的信任，必須抓住一切機會來證明自己。

隨著內侍一聲令下，二人立刻撲向佛多誕。他們一個是天下聞名的猛將，一個是北燕門屈指可數的高手，二人這一聯手，立刻將佛多誕籠罩在漫天的拳風掌影之中。

就見佛多誕並未還手，只是巧勁承受了兩人三拳兩掌，然後從他們圍攻下飄然脫出，出入如無人之境。二人愣了一愣，立刻又嚎叫著追將上去，但見佛多誕身形迅若鬼魅，在二人掌風拳影中穿梭來去，二人竟碰不到他一片衣角。

史思明剛開始還看得興致勃勃，待見佛多誕只是躲閃，他不禁意興闌珊地自語道：「大教長逃命的功夫倒是一流，不過朕想看的是貴教獨一無二的功夫，不是逃命。」

話音剛落，就見藍幽幽的火苗先後從崔乾祐和燕寒山皮膚上竄出，瞬間即將二人變成了兩個燃燒的火人，二人在教場上呼號翻滾，淒厲的慘叫像來自地獄的鬼嚎。文武百官相顧失色，史思明也是目瞪口呆。

直到崔、燕二人徹底變成了兩堆黑黝黝的殘骸，他才從震驚中回過神來，擊掌讚道：「好霸道的功夫，大教長果然是天下第一的奇人，有資格做我大燕國的國師！」

佛多誕不亢不卑地撫胸一拜：「多謝聖上讚譽，佛多誕願為聖上效勞。」

史思明哈哈笑道：「好！大教長請隨朕來。」

眾人回到殿中，史思明摒退左右，這才對佛多誕道：「朕有心拜大教長為國師，立光明教為國教，但卻還有一個難處。」

佛多誕拜道：「不知有何難處，還請聖上明示。」

史思明嘆道：「朕手下兵將大多出自契丹、同羅、奚族各部，他們一直信奉薩滿教，拜長生天和薩滿諸神，要想讓他們改信光明教，除非國師能證明光明神比薩滿諸神更強。」

佛多誕皺眉道：「不知聖上要本師如何證明？」

史思明眼中閃過一絲狠厲：「薩滿教最大一支是蓬山派，掌教者為蓬山老母。大教長要想證明自己，想必知道該怎麼做了。」

佛多誕心領神會地點點頭：「聖上就等本師的好消息吧。」

史思明微微一笑：「不過，蓬山老母好歹是先帝的生母，所以朕不想讓人知道這事跟朕有任何關係。」

就算白癡也知道，史思明弒殺安慶緒奪了安家江山後，最怕遭到蓬山老母報復。但薩滿教乃大燕國教，在范陽兵將心目中地位尊崇，他不能公然剷除，所以一直沒有動手。現在范陽局勢穩定，他即將起兵南征，最怕蓬山老母在自己范陽老窩搞小動作，所以在南征之前，必須要拔除這根扎在自己後方的刺。但是他不能調動信奉薩滿教的部下去幹這事，所以借助外人達到目的，成爲他唯一的選擇。

這實際上也是一場交易，佛多誕爲史思明剷除蓬山派，他便立光明教爲國教，拜佛多誕爲國師，這交易對雙方都有利，所以佛多誕毫不遲疑地點頭道：「本師知道該怎麼做，請聖上放心，這事無論成敗，都跟聖上沒有任何關係。」

史思明呵呵笑道：「那朕就在此恭候大教長的好消息了。」

目送著佛多誕離開後，史思明將目光轉向了一旁的司馬瑜，就見這位新的智囊立刻道：「聖上放心，南征之事已準備妥當，就等大教長得手後，聖上即可發兵。」

史思明意味深長地問：「聽說你與朕那侄女安秀貞原本是情侶，你忍心看著朕除掉她奶奶而無動於衷？」

司馬瑜坦然道：「兒女之情與追隨陛下建功立業比起來，實在微不足道。若能追隨陛下一統天下，開創大燕千秋霸業，流芳百世，微臣有什麼不能放下？」

史思明滿意地點點頭：「好！不愧是胸懷大志的儒門豪傑，朕不會虧待你。」說著他一擊掌，就見兩名宮女攙著一個妖媚多姿的胡女緩步而入，史思明笑道，「她叫玉姬，是朕特意從各族進貢的美女中挑選出的絕色，今賜予愛卿做個姬妾。也許她不如中原女子善解人意，不過還請愛卿暫且笑納，待將來奪得大唐天下，那中原女子便任由愛卿挑選。」

司馬瑜心知這是史思明的馭下之術，不敢拒絕，連忙叩首謝恩。君臣相視而笑，其樂融融……

蓬山猿王洞，乃蓬山派祭壇所在，平日就神秘莫測，到了夜晚更是透著一股莫名的陰森。在離洞口十餘丈之遙的蔭蔽處，任天翔與任俠、杜剛等人正小聲商量，怎麼才能順利見到安秀貞，並取得她的信任，就在這時，突聽負責警戒的小川小聲道：「你們快看！」

幾個人停止商議，順著小川所指望去，就見幾道黑影正悄悄向猿王洞摸來，領頭幾人速度奇快，在黑影中猶如鬼魅一般，所有人皆黑巾蒙面，僅留眼睛在外。

眾人正驚訝來人輕功之高，任天翔已小聲輕呼：「是摩門五明使，還有幾個摩門長老！」

雖然黑暗中看不清來人面目，甚至身形也十分模糊，但任天翔不止一次見過五明使的身手，憑《心術》的修爲，一眼就已認出。

看他們潛行隱蹤接近猿王洞，他立刻就猜到他們的企圖，不禁小聲驚呼：「他們這是要襲擊蓬山派！」

話音剛落，就聽猿王洞中傳出一兩聲短促的慘叫，顯然有薩滿弟子已經著了道，跟著就見洞中燈火熄滅，黑暗中傳來激烈的打鬥聲。雙方在洞中激戰片刻，就見一個龐大肥碩的身影從洞中飛射而出，幾個黑影追在她身後，猶如餓狼在追擊猛虎。

「是蓬山老母！」這次任俠也認出了蓬山老母那奇特的身形，就見她雖被五明使圍攻，卻凜然不懼，動手之際還有閒暇以胡語喝問叫罵。褚剛略通胡語，連忙翻譯道：「她是在叫門人護送公主從後洞走，不要管她！」

「她是在掩護孫女安秀貞逃離！」任天翔立刻猜到她的意圖，「快進洞去救人！」

任天翔等人所在的位置，在猿王洞一側，而蓬山老母與五明使則是在另一側，幾個摩門長老也被薩滿弟子圍攻，他們人數雖眾，但武功低劣，在摩門長老面前幾乎沒有還手之力，只能勉強阻止摩門中人衝入洞中。

任天翔趁著薩滿弟子與摩門長老糾纏之際，帶著幾個人悄然潛入山洞，黑暗中，就見幾個薩滿弟子迎了上來，卻都被衝在前面的任俠和褚剛等人打倒。就見洞中伸手不見五指，小川剛點上火絨，就聽黑暗中有破空聲傳來，將火絨擊滅，幸好小川閃避及時，這才沒有中招。

雖然火絨只亮了一瞬，任天翔也大致看清了洞中的情形，就見幾個薩滿教弟子正將安秀貞圍在中間。

他們本是要保護她撤離，但安秀貞擔心奶奶安危堅持不走，正與幾個薩滿弟子僵持。任天翔指了指安秀貞的位置，小川立刻低聲道：「我去！」

小川的身影猶如一股微風消失在黑暗中，墨家潛行隱蹤的功夫發揮出了它的奇效，片刻後，就聽黑暗中傳來幾聲驚呼，跟著就見火絨燃起，小川已經將安秀貞掌握在手中。幾個薩滿弟子圍在他周圍，卻不敢輕舉妄動。

「別誤會，我們沒有惡意。」任天翔忙對幾個薩滿弟子道，「我們是你們公主的朋友。」

「是你！」安秀貞認出了任天翔，正待喝罵，突聽外面傳來奶奶的高呼：「走！快走啊！」

任天翔往洞外看了一眼，嗓音頓時一緊：「佛多誕親自來了！」他急忙轉向幾個薩滿弟子，「這裏有後洞？」

幾個薩滿弟子還在猶豫，陡聽洞外傳來蓬山老母的慘呼，跟著天地陡然變亮，蓬山老母偌大的身軀已變成了一個巨大的火球，她的聲音從火球中隱約傳出：

「貞兒，快走……」

「奶奶！」安秀貞一聲慘呼，突然暈了過去。幾個薩滿弟子嚇得面如土色，愣了片刻才醒悟過來，急忙往洞後一指：「在那裏，我給你們帶路。」

半個多時辰之後，任天翔總算帶著安秀貞從後洞逃到安全地帶，這裏離猿王洞已有十多里之遙，不過回頭望去，依然能看到猿王洞方向有火光沖天而起，火光中隱約傳來薩滿弟子的驚呼和慘叫。

方才保護安秀貞的幾個蓬山派長老，爲了掩護他們撤離，與佛多誕爲首的摩門中人戰到了最後，以自己的犧牲掩護了安秀貞等人撤離。

直到天色漸明，摩門眾人才悄然撤離。這時安秀貞也才幽幽醒轉，她茫然四顧，失聲問：「我奶奶呢？她……她怎樣了？」

任天翔黯然道：「我已派人查探過，未來得及走的薩滿弟子，全都屍骸無存，你奶奶也……」

「你胡說，我不信！」安秀貞掙扎著想要回去，卻被任天翔攔住道：「你別傻了，現在摩門中人還沒走遠，你要回去豈不是自投羅網，你奶奶也白白為你送命！」

安秀貞想起昨晚奶奶是為救自己，才不惜與摩門中人硬拼，她不禁淚如雨下，哽咽道：「為什麼？為什麼會這樣？咱們與摩門中人無冤無仇，他們為什麼要對咱們斬盡殺絕？」

任天翔嘆道：「因為你姓安，史思明自弒殺你兄長篡位之後，你和整個蓬山派就成了他最後的眼中釘，他遲早要除掉你們。只是他不好公然剷除蓬山派，所以要借佛多誕之手，這中間，你的司馬大哥恐怕起了不小的作用。」

「你胡說！」安秀貞急道，「司馬大哥不是這樣的人，他是因為受史思明脅迫，才假意投靠了這個叛賊，他說過還要為我哥哥報仇雪恨呢！」

任天翔冷笑道：「你別傻了，司馬瑜是什麼人難道你還不清楚？我敢肯定這一切俱是出自他的計畫和安排，他正是要借你哥哥的腦袋和大燕國的玉璽作為晉身之階，你讓人賣了還在幫他數錢。」

「不許你誣衊司馬大哥。」安秀貞一揚手，一個耳光結結實實打在了任天翔臉上。

其實她心中已隱隱有過這種懷疑，但是從別人嘴裏說出來，她無論如何也接受不了，所以惱羞成怒，突然想起與任天翔的恩怨，她不禁一把扣住了任天翔的脖子，厲聲質問，「是你殺害我爹爹在先，要是我爹爹沒死，怎會有今日之事？」

「你爹爹不是被你二哥弒殺的麼？跟我有什麼關係？」任天翔又是委屈又是奇怪。

「還在裝蒜！」安秀貞氣得滿臉通紅，手上也加了幾分勁，「我爹爹先是被你綁架，後又被你們殺害，司馬大哥不得已，才找人假冒我爹爹造反，我二哥後來殺的是我爹爹的替身。」

「這、這是從何說起？」任天翔聽安秀貞話裏有話，忙示意任俠等人不得輕舉妄動。他爭辯道，「當初我們綁架了你爹爹不假，不過後來在沙漠中，咱們遭了月魔蒼魅的埋伏，你爹爹趁機逃脫，後來發生了什麼我們一無所知，更不知道起兵造反的居然是安祿山的替身，要早知道是這樣，咱們揭破替身的身分，叛軍早就軍心渙散，哪裡還能打到長安？」

安秀貞仔細一想，實情也確實如此，要是唐軍知道安祿山已死，沒理由不發佈這消息以瓦解叛軍軍心，從任天翔和唐軍後來的行爲來看，他們顯然並不知道造反的安祿山只是個替身。

安秀貞呆了一呆，不禁喃喃問道：「這、這是怎麼回事？我爹爹若不是死在你們手裏，那是死在誰手裏？」

任天翔心中已有了答案，不禁嘆道：「你想想你爹爹死後，誰能獲最大的利益，又是誰事先已找好你爹爹的替身，令你爹爹的死不至於使范陽軍心崩潰？」

安秀貞渾身一震，立刻就想到了司馬瑜。

安祿山死後，貌似安慶緒獲利最大，但安慶緒有勇無謀，所以司馬瑜反而成了他的主心骨，尤其是司馬瑜預先準備好替身的舉動，讓安秀貞也無法爲之辯護。她不禁連連搖頭道：「我不信，我決不相信！我爹爹和哥哥待司馬瑜恩重如山，他怎可能出賣他們？」

任天翔從安秀貞對司馬瑜稱呼的變化上，知道她其實已經信了，只是感情上一時還難以接受。他趁機道：「你若還是不信，我陪你潛入范陽去找他，看看他究竟打算如何爲你二哥報仇？」

安秀貞立刻答應：「好！咱們立刻出發！」

安秀貞是在范陽長大，潛入范陽就如同回家一樣方便。她很快就找到司馬瑜在范陽的住所，當晚就要獨自潛入，與司馬瑜當面對質。任天翔沒有阻攔，只叮囑道：「記住，你的仇人不止司馬瑜一個，還有史思明和佛多誕。」

望著安秀貞的身影消失在高牆之後，杜剛等人都有些擔心，怕她魯莽壞了大事，又怕她被詭計多端的司馬瑜說服。只有任天翔胸有成竹地笑道：

「別看安姑娘在司馬瑜面前笨得像頭豬，那不過是被感情蒙蔽了眼眸。現在她已經知道司馬瑜的本來面目，應該不會再上當。」

說到這，他意味深長地一笑，「而且，聽說史思明賞了個絕美的胡女給司馬瑜做妾，司馬瑜爲了取得史思明信任，正與那胡姬打得火熱，這對安姑娘的打擊，只怕更甚於父兄之死。」

幾個人恍然大悟，俱露出了會心的微笑。

眾人在蔭蔽處沒等多久，就見安秀貞悄然從原路回來，她來到任天翔面前，神情平靜地問：「需要我做什麼？」

雖然她竭力掩飾，但任天翔還是從她眼眸中看到了仇恨的火焰，正所謂愛得越深，恨得就越深。相信她對司馬瑜的仇恨已經超越一切情感，成爲她心中最深、最痛的烙印。

任天翔嘴邊露出一絲會心的微笑，淡淡道：「要想爲你父兄復仇，須得與咱們精誠合作，毫無保留，安姑娘願意麼？」

安秀貞平靜地點點頭：「我爹爹、我兄長、我奶奶俱死於司馬瑜、史思明和佛多誕之手，只要能報仇，我可以不惜一切代價！」

任天翔微微頷首道：「好！我不妨實話告訴安姑娘，咱們這次來是要挑撥史思明父子關係，讓他們之間起內訌，以便給唐軍可乘之機。姑娘熟悉史家根底，不知可有良策？」

安秀貞沉吟道：「史思明的兒子中，只有史朝義和史朝清有資格做太子。史朝義雖是史思明長子，但其母出身卑微，不為史思明喜愛，所以史思明不願立他為太子。而史朝清則是史思明最寵愛的女人所生，甚得史思明歡心，不過，那史朝義追隨其父起兵多年，在軍中頗有些威望，如果史思明貿然廢長立幼，難免會讓史朝義和忠於他的年輕將領不服，所以史思明雖然坐穩了大燕皇帝的寶座，但在冊立太子這事上遲遲沒有下文，便是出於這樣的顧慮，也許我們可以從這上面想想辦法。」

任天翔見安秀貞所說跟李泌相差無多，徹底放下心來，他笑問道：「如果能讓史思明早早冊立史朝清為太子，或許咱們就有機會策反史朝義也說不定。」

安秀貞眼中有些猶豫，不過在沉吟良久之後，她終於咬牙道：

「我去！我跟史家兄弟也算是青梅竹馬一起長大的夥伴，他兄弟二人一直對我心懷愛慕，我爹爹也曾有心與史叔叔結為兒女親家，要將我嫁給他兒子。只因我後來遇到了司馬瑜，這門親事才沒了結果。不過，史家兄弟對我一直念念不忘，或許我可以冒險去見史朝清，趁機挑撥他們之間的關係。」

任天翔遲疑道：「這也太冒險了，史思明現在恨不得將你斬草除根，你去見他兒子，豈不是自投羅網？萬一史朝清要識破你的陰謀，你豈有活路？」

安秀貞淒然一笑：「我現在什麼都沒有了，又豈會在乎自己這條命？再說，那史朝清一直在范陽享福，整天只知打獵玩樂，從未上過戰場，哪裡知道世事的險惡？只要我小心謹慎，未嘗不能將之玩於鼓掌。況且薩滿教弟子眾多，又豈是摩門一戰可以殺絕？我奶奶雖然遭遇不幸，但我依然是他們的公主，有他們暗中幫助，我可以應付一切危局。」

「姑娘冰雪聰明，確非史朝清那紈褲子弟可比。」任天翔故意沉吟道，「不過姑娘心地善良，只怕到了緊要關頭，未必會狠下心傷害愛慕你的人。」

安秀貞眼中閃過一絲厲色，恨恨道：「這一點公子儘管放心，史思明殺我奶奶和兄長，為了替他們討回公道，我對史家的人不會有任何惻隱之心。」說著，她從懷中拿出一面玉佩，遞給任天翔道，「這是我從小就不曾離身的信物，你帶它去見史朝義，以公子的精明，一定知道該怎樣利用它。」

任天翔接過玉佩，意味深長地笑道：「姑娘放心，我一定會善加利用。」

見安秀貞連自己貼身的玉佩都拿了出來，任天翔徹底放下心來，二人約定了保持聯絡的方法後，這才分手作別。

目送著安秀貞遠去的背影，任天翔悠然笑道：「現在，咱們可以去找另一個盟友了。」

夢春院是范陽最有名的青樓，邱厚禮是這裏的常客。每當心緒不寧或諸事不順之時，他總喜歡到這裏來放鬆，不過，他通常會隱瞞身分裝成一個俗客，畢竟是儒門有名有姓的名劍士，他不想讓人發現他這點不良嗜好。

他像往常那樣來到夢春院，給老鴇打了個招呼就直奔後院，那裏是他老相好紅玉的閨房，他已經將她包了下來，所以不怕她屋裏有外人。

「玉兒，爺來了！」邱厚禮說著推門而入，就見繡榻上幔帳低垂，紅玉正半裸著擁被而臥。他不由嘿嘿一笑，「知道爺今天要來，你早已等得春心蕩漾了吧？」

邱厚禮說著來到床前，正待撩帳而入，心中卻突然生出一絲警兆，他急忙握住劍柄，低聲喝問：「什麼人？滾出來！」

朦朧的香閨漸漸亮了起來，就見一旁的暖椅上多了一個人。邱厚禮一見之下面色大變，正待拔劍而出，卻聽對方嘻嘻笑問：「邱先生別來無恙啊？」

邱厚禮劍拔出一半，但最終卻又緩緩推了回去，他已經發現在自己身後、床幃兩側以及窗戶前方，都有義門劍士把守，他與他們交過手，知道他們的實力，一旦動起手來，自己占不到任何便宜，於是他故作鎮定地問：

「原來是任公子，不知所爲何來？」

「李公子託我向邱先生問好。」任天翔微微一笑，從懷中緩緩拿出一封信函。

「不知是哪位李公子？」邱厚禮皺眉問。

「當然是李泌李公子。」任天翔說著將信緩緩展開，「邱兄信中所求之事，李公子已經答應，特令小弟前來通知邱兄一聲。」

邱厚禮面色微變，他認出那封信是鄴城被圍之時，自己託儒門弟子送到李泌手上，原本想另謀出路的密函。誰知司馬瑜竟能在六十萬唐軍的包圍下安然逃脫，搬來史思明這股救兵，最終擊潰六十萬唐軍。

早知司馬瑜有這等起死回生之術，他無論如何不會寫這樣一封信，現在自己的短處已握在對方手中，他不禁色厲內荏地喝道：「任公子好像忘了這裏是范陽，只要我一動手，你們就插翅難逃！」

任天翔若無其事地嘿嘿笑道：「邱兄若真敢動手，早就已經拔劍，豈會等到現在？咱們的行藏一旦暴露，固然難以逃脫，不過邱兄只怕也會為我們殉葬。咱們就來賭上一賭，看誰敢孤注一擲。邱兄一命換咱們幾條命，還是你賺了。」

邱厚禮想起義門眾士守衛睢陽的堅韌，心知這等威脅對他們根本無效，他不禁洩氣道：「不知李公子有什麼同信？」

任天翔又拿出一封信，示意任俠交到邱厚禮手中。邱厚禮展信細看後，默默將信湊到燈燭上燒毀。

就聽任天翔笑道：「李公子要我轉告邱兄，他已向聖上求得丹書鐵券，只要邱兄真正棄暗投明，聖上不僅會免你之罪，還要將你當成潛入叛軍的義士大加褒揚。沒有人再敢將你當成儒門的叛徒，你會成為拯救天下的儒門英雄。」

邱厚禮眼中漸漸泛起一絲微光，面上卻不動聲色地問：「我憑什麼信你？」

任天翔笑著點點頭，又從懷中拿出一個卷軸：「你可以不信我，你難道還不信它？」

邱厚禮接過卷軸展開一看，臉上頓時變色。那是一卷聖上親筆所書的密旨，有了它，將來不僅能自證清白，還能憑它成為救國的功臣。邱厚禮臉上一陣陰晴不定，權衡再三後，終於緩緩拜倒，手捧卷軸顫聲道：「微臣邱厚禮接旨。」

任天翔笑道：「這封密旨邱兄務必收好，將來保命脫罪，甚至邀功請賞可就全靠它了。」

邱厚禮連忙將密旨收入懷中，這才起身問：「不知公子有何吩咐？只要我能辦到，必定竭盡所能。」

任天翔微微笑道：「我想知道有關司馬瑜的所有行動，邱兄但有發現，需立刻向我彙報。」

邱厚禮連忙答應，二人約定聯絡地點和暗號後，任天翔才帶著眾人悄然而去。眾人來到外面的長街，任俠有些擔憂的問：「這姓邱的是個反覆無常的小人，他會盡心為公子所用麼？」

「暫時還不會。」任天翔笑道，「不過如果唐軍占了上風，他就會成為咱們最有用的一枚棋子，甚至成為對付司馬瑜的關鍵人物。」

幾個人都有些將信將疑，任俠問道：「咱們下一步做什麼？」

任天翔悠然笑道：「等待，直到僞燕出現咱們希望看到的變故。」

任天翔沒有等多久，很快就有史思明冊封辛氏為皇后，並集結大軍準備南征的消息傳了出來。史思明發跡前有兩位夫人，原配曹氏出身貧寒且相貌醜陋，是史思明湊合著娶的一個傳宗接代的工具，育有長子史朝義；後來又有范陽大戶辛家的小姐，慧眼識才看上史思明，不顧父母的反對，嫁給了尚未發跡的史思明。

辛家小姐年輕貌美又知書達理，與曹氏簡直是天地之別，自然更得史思明寵愛，尤其史思明自娶了辛氏之後，很快就育下一聰明伶俐的兒子史朝清，沒多久，史思明又青雲之上，漸成范陽數一數二的人物，迷信的史思明自然將辛氏視為自己的福星。所以在做了皇帝之後，冊立辛氏為后幾乎就是順理成章，不過史思明卻並沒有冊立太子。

任天翔從邱厚禮送來的情報得知，是司馬瑜阻止了史思明冊立史朝清為太子，因為史朝義在軍中的威信遠遠高過史朝清，令史思明也不能不有所顧忌，所以冊立太子之事最終懸而未決。

得知這個消息，任天翔終於決定趕在史思明大軍開拔之前去相州，也就是當初史思明大敗唐軍的鄴城。現在它是由史朝義駐守，這裏也是叛軍與唐軍對峙的前線。

自鄴城大敗後，大唐一時無力再進攻史思明，而史思明因要肅清安氏影響，穩固自己的大後方，也無心西侵，所以雙方保持了大半年的和平，相州也因之平靜了一段時間。

當任天翔與義門眾士來到這裏時，相州已恢復了以往的秩序，任天翔等人沒費什麼周折，就順利地進得城門。

「現在，我該親自去會會那史家少將軍了。」望著史朝義的行轅大帳，任天翔眼中閃爍著面對挑戰的爍爍光芒。

「不行，這太冒險了。」杜剛等人忙道，「公子與那史朝義有過節，而且又是叛軍的死敵，稍有不慎就會招來殺身之禍。」

任天翔淡淡道：「如果我一個人的冒險能拯救無數百姓和將士，這險就值得一冒，這不正是咱們來這裏的初衷？史朝義雖然與我有過節，但現在他最大的敵人已經不是我，我相信以他的頭腦，不至於連這點都不明白。何況，現在我有安姑娘的信物，如果還不能取得他的信任，那我還有什麼資格擔此重任？」

眾人心知任天翔所言不虛，也就不再多勸。臨別時，任天翔目視褚剛，欲言又止，褚剛立刻領會，低聲道：「咱們已經派人去找小薇姑娘，一有消息，即刻通知公子。」

小薇因在鄴城大戰中，無意間助司馬瑜逃出唐軍包圍，遭到任天翔責怪，一氣之下不告而別。任天翔氣頭過去後，知道自己錯怪了小薇，想要道歉，誰知小薇已不知去向，他只得派人四下尋找打探，誰知至今也沒有消息。

他只得將擔心放在心底，對褚剛等人一拜：

「那就拜託諸位兄弟了。我們照老規矩保持聯絡，隨時互通消息。」

眾人與任天翔和任俠分手作別，任天翔僅帶任俠一人去見史朝義，二人徑直來到行轅門外，不等守衛的兵卒呵斥，任天翔已將安秀貞的玉佩遞到那兵卒手中，從容道：「速替我通報懷王殿下，就說范陽有人託我來見他。」

史思明稱帝後並沒有立太子，只是將長子史朝義封為懷王。這道冊封也才剛剛抵達相州，還很少有人知道，那兵卒見任天翔氣度不凡，又知道少將軍被封為懷王的消息，不敢怠慢，急忙拿著玉佩進去通報。

離間

第三章

史朝義終於從玉佩上挪開目光，眼中陡然閃過一絲隱痛，卻咬著牙沒有開口，他的反應沒有逃過任天翔的眼睛，看到史朝義眼中神色，任天翔就知道自己的說辭已撥動了他心中最脆弱的神經。

任天翔二人沒有在帳外等待多久，就有小校將二人領到中軍大帳。任天翔將任俠留在帳外，獨自進帳去見史朝義。就見史朝義居中而坐，正神情複雜地審視著安秀貞那面玉佩，聽到小校通報，他頭也不抬地問：

「這玉佩……怎麼會在你手裏？」

任天翔笑道：「故人相見，殿下也不先行問候，卻只是關心這面玉佩，看來它的主人對殿下真的是很重要。」

聽任天翔說得奇怪，史朝義終於從玉佩上挪開目光，待看清任天翔模樣，他臉色陡然一變，不由握住了腰間劍柄，厲聲喝道：「是你！」

任天翔從容一拜：「天翔拜見故人，殿下別來無恙？」

史朝義眼中寒光閃爍，冷冷喝道：「你膽子倒是不小，居然敢來見我，不知道自己有幾顆腦袋？」

任天翔嘻嘻一笑：「在下的腦袋只有一顆，不過，殿下的腦袋好像也沒有多餘。」

史朝義聽任天翔話裏有話，忙示意左右退下，這才問道：「不知公子所爲何來？這面玉佩又是什麼意思？」

任天翔收起笑容，沉聲道：「我是受人之託來求殿下，救這面玉佩的主人於水火。」

史朝義微微頷首問道：「是公主殿下要你來的？」

任天翔點頭道：「不錯，她還要我轉告殿下，她寧可死，也決不會嫁給史朝清。」

史朝義眼中陡然閃過一絲隱痛，卻咬著牙沒有開口，他的反應沒有逃過任天翔的眼睛，立刻將蓬山派被滅栽贓到史朝清頭上，低聲道：

「蓬山派被滅，外人多揣測是聖上所爲，其實乃是史朝清追求安小姐不得，於是挑唆聖上對蓬山派下手，借機將安小姐擄入他的府邸。不過安小姐誓死不從，所以讓在下帶著這面玉佩來見殿下。」

史朝義收起玉佩，冷冷問：「安小姐不是跟那個白面軍師在一起麼？怎不去求他？」

任天翔嘆道：「司馬瑜出賣了她哥哥，此事天下皆知，她恨不能殺那負心人爲兄報仇，豈會再跟他在一起？」

司馬瑜出賣安慶緒投靠史思明之事，史朝義也有所耳聞，他微微頷首道：「這事跟你有什麼關係？爲什麼你要攙和？聽說公子現在是李唐王朝的大紅人，怎麼會跑到我大燕國來送死？」

「嗨，別提了！」任天翔忿忿道，「那個昏君聽任李輔國、魚朝恩等死太監弄權，不僅將勞苦功高的郭子儀撤職不用，還冷落了無數忠臣良將，令人實在是心灰意懶。我本就是一白丁布衣，蒙郭令公看顧，在他帳下謀了個幕僚的差事，如今郭令公都賦閒在家，我還不早些另謀出路？」

說到這，任天翔不好意思地笑道，「不怕殿下見笑，當年安小姐在長安之時，曾讓我神魂顛倒，我輾轉去到范陽，原本只是想再見她一面，卻沒想到史朝清竟將她軟禁。在下基於義憤，冒險見了她一面。她讓我將這面玉佩轉交殿下，只說殿下見了這面玉佩，自然知道該怎麼做。」

當年安秀貞在長安之時，受安祿山指使，與任天翔有過短暫交往，這事史朝義也有所耳聞。所以他對任天翔的作爲開始有些理解，冷冷道：「所以你想借我之手，幫你搶回安小姐？」

任天翔哈哈一笑：「我雖然對安小姐心懷愛慕，但也知道她乃大燕國公主，薩滿教聖女，豈是常人可以消受？我就算有這心，她現在也還在你兄弟手裏，作爲朋友，我只想救她脫困，還從未有過更多的奢望。」

看到史朝義眼中神色，任天翔就知道自己的說辭已撥動了他心中最脆弱的神經，爲了讓他看到一點希望，任天翔故意嘆息道：

「我暫時還不擔心安小姐的安危，她畢竟是大燕開國皇帝的女兒，薩滿教的聖女，深得范陽三鎮百姓愛戴。史朝清雖然將之軟禁於府中，暫時卻還不敢對她無禮。不過，時間一長卻就難說了，這也正是她託我來見殿下的主要原因。」

史朝義呆呆地愣了半晌，澀聲問：「我該怎麼做？」

從史朝義的眼神，任天翔已看出他對安秀貞餘情未了，所以一時間亂了方寸。

任天翔故作深沉地道：「安小姐乃先帝之女，又是地位尊崇的薩滿教聖女，恐怕唯有大燕國的太子才能與之相配。殿下若想從你兄弟手中奪回安小姐，恐怕得先做了太子才行。」

史朝義勃然怒道：「父皇寵愛的史朝清，欲廢長立幼之心天下皆知，你這不是成心消遣於我？」

任天翔悠然笑道：「你爹雖然偏心你兄弟，但殿下也並非全無機會。」

史朝義見任天翔話裏有話，知道他不僅聰明絕頂，身後更有一幫神秘莫測的江湖朋友，史朝義忙收起怠慢之心，虛心求教道：「還請公子明示。」

任天翔微微笑道：「你兄弟在立儲之爭上雖然占了天時地利，但有一點卻不如你，那就是人和。」

「人和？」史朝義一愣，一時沒有明白過來。

就聽任天翔解釋道：「準確說，就是軍功，你兄弟從未上過戰場，在軍中的威信遠不及殿下，這就是人和。只要殿下不斷擴大自己的優勢，立下人人敬服的軍功，你父皇就算再偏愛你兄弟，也不敢不顧軍心，立你兄弟爲太子。」

史朝義眼中漸漸泛起異樣的神采，連連點頭道：「不錯，軍功是我唯一的本錢。只要我爲大燕立下足夠大的功績，父皇也不得不立我爲太子。不過現在沒有大的戰事，我到哪裡去立軍功？」

任天翔笑道：「這個殿下倒是不必擔心，你父皇已安定後方，現正準備揮師南下，一舉蕩平天下。殿下可速上書請爲先鋒，不愁沒有建功立業的機會，不過，殿下需要一個人的輔佐，才能如虎添翼。」

「誰？」史朝義忙問。

「我！」任天翔指著自己，坦然道，「我能助殿下一步登天成爲太子，甚至做到大燕國、乃至全天下的皇帝。」

史朝義對任天翔的事蹟有所耳聞，尤其他身後還有一批忠勇之士，在睢陽保衛戰和百家論道大會上的所作所爲，已被世人傳得神乎其神。若能得義門之助，確實能如虎添翼。不過史朝義心中還有疑慮，皺眉問道：

「你不是一向爲李唐做事麼?怎麼會反過來幫我?」

任天翔一聲長嘆:「連功勞天下無雙的郭令公，現在都已經被聖上收去兵權，我在大唐能有什麼前途?難道你讓我去討好李輔國、魚朝恩之流?何況我幫殿下，實際上就是在幫安小姐。如果殿下在我的幫助下做了太子，我只求殿下一件事。」

史朝義忙問:「什麼事?」

任天翔先是猶豫了片刻，最後終於開口道:「我想請殿下給我一個機會，我要跟你公平競爭，看看安小姐最終會選擇誰。」

任天翔的條件打消了史朝義最後的疑慮，他嘴邊露出一絲會心的微笑，微微頷首道:「沒問題，如果安小姐最終選擇了你，我一定成全!公子若是不信，咱們可擊掌爲約。」

任天翔也不客氣，上前與史朝義擊掌盟誓，作爲幫助他成就大業的唯一條件。史朝義將他當成幕僚，隱名埋姓藏在軍中，並依他的建議上表請爲先鋒。

本來史思明麾下戰將無數，未必能輪到史朝義做先鋒，不過安秀貞依照任天翔的指點，鼓動史朝清說服其母辛皇后，讓史思明任命史朝義爲先鋒，以便在他戰敗失利之時，好趁機落井下石剝奪他的兵權，徹底斷了他做太子的念頭。

史思明哪知兩個兒子間的勾心鬥角，見史朝義主動請戰，心中甚是高興，在辛皇后的鼓動下，他不顧司馬瑜的勸阻任命史朝義爲先鋒，揮師南下，與李唐再爭天下。

在史朝義率軍出發之前，任天翔的密函已由義門弟子送到了李泌手中，李泌立刻依照密函，說服皇上放棄陳留、鄭州、汝州、滑州等地，以避其鋒芒。

李亨雖然寵信宦官，但在軍國大事上還是比較相信李泌，依言准奏。所以史朝義的前鋒一路攻城掠地、勢如破竹，兵鋒很快就直指洛陽。

李亨任命李光弼頂替郭子儀爲天下兵馬副元帥和朔方節度使，去洛陽主持守戰工作。李光弼連夜趕到洛陽，見唐軍兵微將寡，而洛陽又無險可守，他沒有像當年高仙芝和封常清那樣退守潼關，而是率軍趕到河陽，像釘子一樣扎在叛軍的後方，使之不敢放手進攻潼關和陝郡，僅此一點就證明，李光弼的戰略眼光遠在高仙芝和封常青之上。

史朝義率前鋒拿下洛陽之後，卻不敢繼續西進，因爲繼續進攻潼關或陝郡，河陽的唐軍將成爲自己身後的芒刺。他無奈在洛陽停了下來，待史思明率大軍趕到後，這才將自己的顧慮和盤托出。

史思明也是久經戰陣的一代梟雄，一眼就看出河陽的重要性。他立刻親自率軍進攻河陽，欲先拔李光弼這根芒刺，徹底解除後顧之憂後，再攻陝郡和潼關，打開通往長安的道路。

不過，此時的河陽在李光弼主持下，早已固若金湯，史思明率軍連攻數月，卻依然只能望城興嘆。正束手無策之際，卻聽司馬瑜道：

「河陽雖小，卻因有李光弼而堅不可摧，強攻不是辦法，陛下應想法子將李光弼逼出河陽方是上策。」

史思明正在氣惱，聞言不禁怒道：「李光弼心機深沉又用兵如神，誰能將他引出城與朕決戰？」

司馬瑜悠然笑道：「有一個人的話，就是李光弼也不得不聽。」

史思明奇道：「誰？」

司馬瑜詭秘地笑道：「當今大唐皇帝。」

史思明漸漸有所醒悟，忙對司馬瑜一拜：「軍師若有妙計，請速教朕。」

司馬瑜微微笑道：「當年哥舒翰被李隆基逼出潼關，結果兵敗被俘；今日咱們可舊計重施，讓李亨逼李光弼出城與我軍決戰，聖上便可輕取河陽。」

史思明沉吟道：「河陽如此重要，李亨怎會輕易上當。」

司馬瑜笑道：「所以聖上需示敵以弱，同時派人去長安散佈流言，雙管齊下，時間一長就不怕李亨不上當了。」

史思明也是「冰雪聰明」之輩，一點就透，連連頷首道：「就依軍師所奏，就請軍師親自施計，朕會配合軍師的行動。」

司馬瑜連忙答應，當天夜裏，一隻信鴿從河陽前線飛越千山萬水，落到長安一座老宅的花園內。

燕書欣然捉住信鴿，取下信鴿腿上的密函，立刻飛奔到後院，口裏不停地高呼：「老爺，公子……公子終於有信了！」

老宅經歷戰亂，已不復先前的典雅，不過後院的棋室依舊保持著過去的雅致。室內白衣老者與青衫秀士正相對而坐，面前棋枰散亂，對弈已進入尾聲。聽到燕書的大呼小叫，老者從棋枰上抬起頭來，不悅道：「何事喧嘩？」

燕書喘著氣來到老者面前，喜道：「是公子帶走的信鴿，牠終於飛回來了，還帶著公子的密函！」

老者接過信看了看，遞給對面的青衫秀士，淡然問道：「你怎麼看？」

青衫秀士看完信，眼中閃過一絲喜色，道：「機會難得，主公應全力配合公子的行動。」

老者木然片刻，輕嘆道：「此事難度不小，咱們有必要動用最重要那枚棋子麼？」

青衫秀士正色道：「絕對有必要！如果公子能助史思明擊敗李光弼，勝負的天枰將再次傾向大燕，大唐剛穩定下來的局面將再次動盪，公子將更有機會借勢而起。」

老者沉吟良久，終於微微點了點頭：「好吧！咱們也該用到他了。明天你帶我的信物去見他，讓他照我信中所囑行事。」

青衫秀士忙道：「主上放心，這事就交由弟子去辦。」

第二天一早，青衫秀士來到皇城邊一座富麗堂皇的宅院前，兩個把門的家丁立刻呵斥道：「什麼人？也不看看這是哪裡？竟敢在這裏停步？」

青衫秀士笑嘻嘻地迎上前，從容道：「在下修冥陽，與貴府的主人有舊，還煩兩位上差通報一聲。」

一個家丁冷眼打量著修冥陽，冷笑道：「想跟我家主人攀交情的多了去，要是誰都給通報，那我家主人還不煩死？我們這差事也不用幹了。」

修冥陽理解地笑道：「兩位儘管去通報，若你家主人怪罪下來，在下一力承擔。」說著，他已將一錠紋銀塞入一個家丁手中，並將自己的拜帖也遞了過去。

兩個家丁面色稍霽，看在銀子的份上，二人不再刁難，叮囑道：「在這兒等著，我家主人見不見你，咱們可不敢保證。」

一個家丁拿著拜帖進去，另一個則倨傲地盤問起青衫秀士的身分底細，那青衫秀士每問必答，但那家丁聽了半天，依然沒明白對方究竟是個什麼樣的人。他還想仔細再問，卻見先前那家丁氣喘吁吁地出來，對修冥陽道：「我家主人有請！」

修冥陽隨著那家丁來到內堂，神情怔忡的魚朝恩立刻摒退左右，然後起身對修冥陽一拜：「弟子魚朝恩，拜見先生！」

修冥陽嘴邊露出一絲神秘的微笑，還拜道：「魚公公現在是皇上身邊的紅人，卻還不忘自己的出身，實在難得。」

魚朝恩正色道：「若非主上當年的收留看顧，哪有我魚朝恩的今天。主上對我恩同再造，朝恩片刻不敢有忘。」說到這他微微一頓，壓低聲音道，「主上有何差遣，先生請儘管吩咐。」

修冥陽示意魚朝恩附耳過來，然後對他低聲敘說起來，魚朝恩臉上時而驚詫，時而釋然，最後慨然點頭道：「請先生回覆主上，小人知道該怎麼做了，請主上放心。」

修冥陽滿意地笑道：「外面交給我們，宮裏就有勞公公了，只要辦成這事，公公就可以見到自己的家人了。」

魚朝恩眼中閃過一絲隱痛，又想起了二十多年前那個終身難忘的日子，那年家鄉爆發瘟疫，父母相繼病故，弟弟妹妹也先後染病，眼看就要追隨父母而去，身為長子的魚朝恩卻束手無策。家裏早已一貧如洗，再沒有可以變賣的東西，魚朝恩只好將自己插上草標，希望賣身爲奴以葬父母，並爲弟弟妹妹尋醫看病，但是一個尚未成年的孩子能值幾個錢？何況還可能染有瘟疫。

就在他感到絕望之時，他遇到了一個貴人，那是一個俊雅清奇的老者，不僅花高價買下了魚朝恩，還以精湛的醫術救活了他一家大小。於是魚朝恩拜老者爲師，成了一名年幼的千門弟子，沒多久，他被淨身送入宮，成了一名小太監。並依照老者的叮囑，斬斷了與過去的一切聯繫，安心在宮中侍奉太子，這一做就是二十多年。

現在，他終於收到師父的親筆書信，當年師父費盡心機將他送入宮，今天終於要用到他了。他心中既有幾分興奮，也有幾分惶恐，不過卻沒有拒絕的餘地，因爲他的家人都在師父手裏，他記得當年師父就曾經說過，他能救活他們，也能毫不猶豫地殺掉他們。魚朝恩對這一點深信不疑。

「請先生回覆主上，小人一定竭盡所能爲主上效勞。」魚朝恩再次保證。

長安城漸漸有流言在坊間傳播，說史思明的兵將以范陽三鎭番人爲主，長年征戰在外，兵卒早已歸鄉心切，不僅戰鬥力銳減，且不少兵卒已偷逃回家，早已是不堪一擊。李光弼不思進取固守河陽，實在讓人摸不著頭腦。

這流言通過魚朝恩之口，最終傳到了李亨耳中，剛開始李亨還不太相信，但流言漸漸有了變化，說李光弼手握重兵，不思一舉擊潰早已疲憊不堪的叛軍，卻與叛軍相持日久，定是另有私心。

這流言讓李亨開始心緒不寧，李光弼是功勞僅次於郭子儀的名將，無論在軍中還是在民間，聲望之隆已不亞於郭子儀當年，如果他真有異心，這江山社稷便危如累卵，但如果無端猜疑前方主將，無疑又會讓前方將士寒心。

魚朝恩看出了皇上的顧慮，便自告奮勇道：「奴才願替聖上去河陽監軍，督促李光弼出戰，儘快收服東都，解除叛軍對長安的威脅。」

李亨剛開始還有些猶豫，但架不住外面的流言越傳越離譜，而魚朝恩又三天兩頭在身邊進讒，李輔國、張皇后等也幫著說項，他最終以一種折衝的口味對魚朝恩道：

「朕就任命你爲宣慰觀察使，替朕到前線看看。若叛軍真如傳言所說早已不堪一擊，便督促李光弼立刻出戰，儘早收服東都。不過，你不得干涉李光弼用兵，更不得指揮調度軍隊。」

魚朝恩連忙答應，再次以宣慰使的身分來到軍中，所有參加過鄴城會戰的將領心頭立刻罩上了一層陰雲，在他主持的第一次軍事會議上，所有將領均默不作聲，場面一度有些尷尬。

魚朝恩見狀，便點名道：「李將軍，你是全軍統帥，不知對早日收服東都的聖諭有何看法？」

李光弼沉聲道：「叛軍在洛陽停步不前，並非因為戰力銳減，而是因我軍在河陽牽制，使其不敢繼續西進。叛軍長途奔襲，利在速戰，我軍只要堅守河陽，他遲早會因糧草枯竭而退兵。」

魚朝恩質問道：「朝廷將大軍託付將軍，難道就只是要將軍守住區區河陽一座小城？我聞朔方軍乃天下雄兵，當初在郭老令公指揮下幾乎只知進攻，從不知防守，難道現在變成了只懂防守，不知進攻的娘子軍？」

郭子儀善攻，李光弼善守，這是軍中人所共知的事實，沒想到這也成了魚朝恩譏諷的理由。李光弼眼中閃過一絲惱怒，不過還是耐著性子解釋道：

「當年哥舒將軍守潼關，正是由於朝廷三番五次下詔督戰，逼他出關與叛軍決戰，最終落得慘敗被俘的下場，前車之鑑，不可不察啊！」

魚朝恩拍案怒道：「當年哥舒翰手下都是臨時招募的新兵，而叛軍剛剛起事，兵鋒強健，戰敗情有可原；如今將軍所率可是號稱天下第一的朔方軍，而叛軍經歷多年戰事，精銳早已損失大半，早已不復當年之勇，難道將軍還沒有信心？」說到這，他轉向帳下眾將，「難道朔方軍中，就再沒有一個像郭子儀那樣膽色與勇氣俱備的將領，爲聖上一鼓破敵？」

話音剛落，就見帳下一個鐵摩族打扮的將領長身而起，傲然道：「卑職願率本部人馬，爲聖上收服東都！」

魚朝恩大喜，忙問：「不知將軍是……」

那將領拜道：「末將鐵摩族僕固懷恩。」

魚朝恩聞言悚然動容。雖然他是第一次見到僕固懷恩，但卻早已在郭子儀的奏摺中無數次見到過這個名字。那是朔方軍中公認的猛將，其勇猛之名與鄴城大戰中陣亡的李嗣業齊名。他也是郭子儀最爲寵愛的部將，在朔方軍中的聲望和地位，也僅次於郭子儀。有他請戰，無疑會對李光弼產生極大的壓力。

誰知魚朝恩還沒來得及開口，李光弼已冷冷喝道：「不行！」

僕固懷恩沉聲道：「將軍不願冒險，末將不敢勉強，只求將軍允我以本部人馬與史思明決一死戰，無論勝敗俱與將軍無關。」

李光弼冷冷道：「只要我還是全軍主帥，任何人就不得出戰，違令者斬！」

僕固懷恩還想爭辯，李光弼已斷然揮手下令：「大家回去準備守城事宜，散會！」

眾將紛紛告辭離去，令魚朝恩十分尷尬，雖然他是宣慰觀察使，與鄴城會戰時一樣，但這次聖上沒有給他指揮調度軍隊的權力，這在聖上給李光弼的手諭中已經寫明，所以李光弼可以不買他的帳。

不過這也難不倒他，見僕固懷恩滿臉不甘地落在後面，他連忙追上兩步，低聲道：「將軍留步！」

僕固懷恩停下腳步，拜道：「公公有何指教？」

魚朝恩笑道：「早就聽說將軍威名，今日得見，果然是相貌堂堂，龍行虎步，不負朔方第一猛將的名望。」

僕固懷恩忙道：「卑職粗鄙之人，當不起如此讚譽。」

「當得起當得起，將軍不必過謙。」魚朝恩說著，與他並肩來到帳外，看看四下無人，他這才壓低嗓子道，「只可惜朔方軍不再是郭令公當家，跟著李光弼，只怕將軍再無用武之地。」

這話挑動了僕固懷恩心中最敏感的那根神經。郭子儀被朝廷撤去朔方節度使後，無論按資歷還是按戰功，僕固懷恩都有資格接替郭子儀的位置，沒想到朝廷卻從河東調李光弼做了朔方節度使，生生撲滅了僕固懷恩的希望。

李光弼雖然也是朔方軍出身，但在戰亂初期就已從朔方調到河北，早已經不算是朔方軍將領，朔方軍的戰功也跟他沒半點關係，他接替郭子儀統帥朔方軍，早就讓僕固懷恩有些不服，只是礙於李光弼治軍極嚴又不講情面，他才隱忍不發，如今魚朝恩奉旨監軍，名義上是沒有實權的宣慰觀察使，但實際上卻是聖上的欽差，他的話在僕固懷恩眼中，自然是代表了聖上的意思。

僕固懷恩知道聖上派魚朝恩監軍之意，便是要督促李光弼儘早擊敗叛軍，如今李光弼龜縮不出，猛將如僕固懷恩之輩，便成了英雄無用武之地。他暗忖：如果能率本部人馬擊敗叛軍，便可一戰成名，趕走李光弼，奪回朔方軍指揮大權。不過要是萬一失手，聖上責怪下來，恐怕這罪責就不輕了。

魚朝恩見僕固懷恩神情陰晴不定，猜到他心中的忐忑，不禁嘆道：「只可惜郭令公年歲已高，若有他在，朔方軍豈會在叛軍面前畏縮不前？」

僕固懷恩沉吟道：「末將願率本部人馬與叛軍決戰，只是沒有將令擅自動兵，朝廷責怪下來……」

魚朝恩沉聲道：「只要將軍能體察上意，儘早擊敗叛軍收復東都，聖上嘉獎還來不及，豈會責怪？將軍若能一戰揚名，這朔方節度使一職，恐怕就跟那李光弼再沒任何關係。」

僕固懷恩目光漸漸亮了起來，終於一咬牙道：「好！公公就等待末將的捷報吧！」

望著僕固懷恩毅然離去的背影，魚朝恩眼中露出一絲得意的微笑，他知道僕固懷恩大軍一動，李光弼決不會袖手不管，他的固守戰略將無法再堅持，整個唐軍都將被僕固懷恩調動。

當清晨第一縷陽光出現在地平線盡頭，兩萬朔方精銳在僕固懷恩率領下開關而出，氣勢洶洶直逼敵陣。

僕固懷恩敢在魚朝恩支持下擅自動兵，除了立功心切，還因爲他所率的兩萬兵馬，乃是朔方軍中戰鬥力最強的精銳，是追隨郭子儀立下過無數戰功的鐵軍，即使當年面對橫掃天下的范陽鐵騎，依然占盡優勢。

現在范陽精銳早已在多年戰爭中損耗殆盡，如今史思明手下的兵馬，已無法與安祿山當年相提並論，而且叛軍勞師遠征又長久不克，難免心生思鄉之念，有探子回報，叛軍兵卒已有小半逃亡，也正因爲有這些有利條件，僕固懷恩才敢率軍主動出擊。

聽到僕固懷恩已率軍出城，李光弼氣得目瞪口呆，急忙令人將他追回，誰知僕固懷恩有魚朝恩撐腰，對李光弼的命令置若罔聞。而且他已率軍攻入叛軍營寨，果然不出所料，叛軍營寨大半已空，朔方軍如入無人之境，而叛軍早已望風披靡，狼狽而逃。

戰鬥比想像中還要順利，僕固懷恩意氣風發，立刻率軍追擊，欲一鼓作氣收復洛陽。李光弼無奈，只得率軍隨後接應，誰知大軍不出百里，就見叛軍兵馬如潮水般四下合圍，如狼群般將數萬朔方軍團團包圍，哪裡還有半分疲態？

就見敵陣中一青衫文士在高處揮旗指揮，叛軍猶如預先知道唐軍的調度和突圍方向，激戰一日，唐軍損失慘重，直到天黑後，唐軍才借夜色掩護突圍而出。

李光弼清點人馬，數萬朔方精銳幾乎損失殆盡，剩下的殘兵再無力守衛河陽，他只得率軍撤往潼關。消息傳到長安，朝廷上下一片惶恐，似乎又看到了當年長安淪陷的慘狀。

就在滿朝文武惶惶不可終日之時，一封密函由義安堂堂主季如風親自送到了李泌手中。

看到這封來自前線的密函，李泌心情輕鬆下來，不過，他還是有些不放心地問：「任公子近況可好？」

季如風點點頭：「公子已取得史朝義信任，留在他身邊出任幕僚。史朝義能夠勢如破竹一直殺到洛陽，多虧了先生照公子計畫暗中調度，故意示敵以弱，讓史朝義以爲這是公子用兵如神，因而對他言聽計從。現在史朝義將率先鋒進攻陝郡，是時候進行第二階段的計畫了。」

李泌點點頭，從隱秘處拿出一紙密函，遞給季如風道：「這是聖上給陝郡守將衛伯玉的密詔，憑它可指揮陝郡守軍。還請先生即刻動身去陝郡，依任公子之計行事。」

季如風忙接過密詔，對李泌一拜：「季某這就去陝郡，一定不辱使命！」

陝郡並非是通往潼關的必由之路，不過它處在潼關東北方，如果史思明要想放手進攻潼關，必須先拔除身後這個釘子，以免被陝郡守軍抄了後路。

得知守衛陝郡的是名不見經傳的衛伯玉，史思明便令史朝義爲先鋒，先行帶兵取下陝郡，而他則率大軍緩緩向潼關進發，以便在決戰之前讓大軍作短暫的休整。

「我表現的機會終於來了！」史朝義領得將令，不禁興致勃勃地對心腹幕僚任天翔道，「陝郡的戰略地位僅次於潼關，若能拿下陝郡，進而再一鼓作氣拿下潼關，我在軍中的地位便無可撼動，就是父皇也不能罔顧軍心廢長立幼了。」

任天翔臉上卻是殊無喜色，眼中甚至有一種從未有過的怪異神情。史朝義注意到他神情怪異，不由問道：「咱們立功的機會就在眼前，你不爲我高興？」

「高興，當然高興。」任天翔強作笑顏，不過明顯是在敷衍。

史朝義見狀不悅道：「你有事瞞著我？什麼事？」

任天翔似乎不願提及，但架不住史朝義一再追問，他只得拿出一封信函，澀聲道：「范陽有信到，是安小姐的信。我不敢讓殿下知曉，是怕……」

史朝義一把奪過信函，仔細一看，果然是安秀貞親筆。他連忙展信細讀，臉上神情漸漸從欣喜轉爲憤怒，最後氣得渾身發抖，切齒怒罵：「史朝清這混蛋！老子在前方浴血奮戰，他卻在後方強姦我的女人……」

「是咱們的女人。」任天翔小聲提醒。

「老子這就帶兵殺回范陽，閹了這個王八蛋！」史朝義說著拔劍而出，厲聲高呼，「來人，集結部隊，殺回范陽！」

應聲而入的小校愣了一愣，以爲自己聽錯了，小聲問：「殿下，你是說……殺回范陽？」

史朝義一劍削去了他的耳朵，罵道：「你聾了嗎？還要老子再說一遍？」

那小校不敢爭辯，捂著耳朵匆忙而去。

史朝義還不解氣，提劍對帳中家什一通亂砍。

任天翔待他怒氣稍平，這才按住他的劍柄道：「殿下息怒，你要闖大禍了。」

見史朝義漸漸冷靜下來，任天翔這才提醒道：「殿下若敢率軍回范陽，只怕不出百里就會被聖上追上，到那時殿下如何解釋？」

史朝義心知擅自撤軍就是動搖軍心，按軍令當斬，他方才不過是一時憤怒口不擇言，現在冷靜一想，不禁一陣害怕，別說擅自撤軍，就是這樣的言語傳到父皇耳中，自己只怕都脫不了干係。

他心中一寒，連忙對帳外高呼：「來人，快將方才那道命令追回來！」

可惜現在已經晚了，就見無數將士已在帳外集合，眾人臉上均有種種疑惑和不解，不少將領更是竊竊私語，相互打聽，都不知殿下這道命令是何用意。方才那傳令的小校更是在帳外高呼：「稟殿下，部隊已集結完備，請殿下下令。」

史朝義逼在帳中不敢露面，六神無主地望向任天翔道：「怎麼辦？」

任天翔無奈嘆了口氣，低聲道：「看來殿下得犧牲一個人了。」

史朝義心中一動，眼中閃過一絲厲色，微微點了點頭。他心有不甘地望向范陽方向，恨恨道：「那安小姐怎麼辦？難道咱們就這樣罷手不成？」

任天翔沉吟道：「殿下要想搶回安小姐，爲今之計只有先拿下陝郡，攻下潼關，直搗長安。待立下這天大的功勞，殿下再開口向你父皇要安小姐，到那時憑殿下的功勞，就是你父皇也不得不答應。」

史朝義想了片刻，毅然道：「好！咱們即刻出發，連夜進攻陝郡！」大步來到帳外，史朝義對眾將高聲下令：「連夜向陝郡進發，務必在天亮前趕到城下。」

眾將又是一愣，紛紛問：「殿下不是要率軍回范陽麼，這是怎麼回事？」

史朝義喝道：「誰說我要率軍回范陽？」

眾將盡皆望向方才傳令的小校，那小校剛包紮的傷口又滲出絲絲血跡，見眾人都望著自己，他急忙對史朝義道：「方才殿下要我傳令諸將集結部隊，回師范陽，卑職不敢有絲毫耽擱，立刻就將殿下的命令傳達下去。」

史朝義面色一寒，喝道：「我要你集結部隊，直襲陝郡，誰要你傳令回師范陽？你誤傳將令，動搖軍心，我留這等廢物還有何用？」說到這，他陡然一聲高喊，「來人，將這個動搖軍心的傢伙拖出去砍了！」

那小校嚇得軟倒在地，急忙爭辯：「方才殿下親口下令，小人一字不差向眾將傳達，殿下怎可翻臉不認？冤殺小人？」

沒想到這小校如此愚蠢，臨死不知改口，史朝義就算有饒他之心，到現在也不得不殺了。見刀斧手還在等待，他不禁怒道：「還等什麼？莫非是想與他同罪？」

刀斧手不敢再慢，連忙將那小校架了出去，沒多久，那小校的腦袋就裝在托盤中遞到史朝義面前。史朝義擺手示意刀斧手退下，然後對眾將士高聲道：「誰再敢胡言亂語動搖軍心，這就是下場。」

見眾將士不敢再有任何疑問，史朝義滿意地點點頭，拔劍向陝郡方向一指：「立刻向陝郡進發，務必在天亮前趕到城下，一鼓作氣拿下陝郡！」

眾將齊聲應諾，紛紛登上馬鞍，大軍如滾滾洪流，連夜向陝郡進發。

犯上

第四章

見史朝義一臉迷茫，任天翔湊到他耳邊，低聲道：

「你父皇心中早已屬意你兄弟，要想做太子救出安小姐，唯有發動兵變，逼你父皇退位為太上皇，殿下自己做大燕國皇帝。」

史朝義面色大變，失聲道：「你、你要我以下犯上，發動兵變？」

就在史朝義率大軍直撲陝郡之時，陝郡守將衛伯玉已率軍提前在通往陝郡的必經之路上埋伏下來，不過，他心中還是有些忐忑不安，看看天色將明，叛軍依然沒有露面，他不禁低聲問身旁的季如風道：「先生的情報是不是有誤？你怎知叛軍先鋒今晚一定會來？」

季如風神情如老僧入定，雙目半開半合，懶懶道：「衛將軍儘管耐心等待，不必心急。」

見老者對自己愛理不理的樣子，衛伯玉就恨不得一巴掌扇在他臉上，但對方不僅有李泌的親筆書信，還有聖上的密詔，有權指揮調度陝郡所有兵馬，他只得將這想法壓在心底，悻悻地退到一旁，看著天上的星星發愣。

突然，一個伏地監聽的小校低聲輕呼：「將軍快聽！」

衛伯玉忙伏地細聽，立刻聽到了隱約的馬蹄聲，猶如天邊隱約的春雷，正以極快的速度向唐軍埋伏之地接近，從其馬蹄聲的密集程度來看，應是一支規模不小的騎兵部隊。衛伯玉大喜，忙對埋伏的將士下令：「箭上弦，刀出鞘，準備戰鬥！」

借著濛濛月色，就見一彪人馬猶如黑暗中移動的長蛇，漸漸進入了唐軍埋伏之地。衛伯玉待對方大半進入埋伏，立刻揮刀下令：「放箭！」

林中突然想起密集的破空聲，猶如死神的呼嘯撲面而來，走在前方的數十名騎兵應聲落馬，後面的人馬卻還不知前方的變故，在黑暗中繼續前進，與負傷逃回的戰馬撞在了一起，隊伍一時亂作一團。

史朝義雖然立功心切連夜冒進，但畢竟歷經戰陣經驗豐富，非尋常無能之輩可比。聽得兩側密林中傳出的密集破空聲，再借著月光看清道路兩旁的地形，他立刻高呼：「有埋伏，快退！」

不知黑暗中有多少敵人，史朝義不敢戀戰，忙帶兵退出數十里。見敵軍沒有追來，他這才立住陣腳清點人數，損失雖然不大，但這是他從鄴城出兵以來遭遇過的第一個敗仗，他不禁遙指陝郡方向，恨恨喝道：「明日一早拿下陝郡，我必殺衛伯玉報仇！」

唐軍陣中，衛伯玉見叛軍果然中伏，不禁對季如風佩服得五體投地，不等戰鬥結束，便興致勃勃地來到季如風面前，欣然道：「先生料敵如神，咱們果然打了一個漂亮的埋伏，現在將士們正準備乘勝追擊，以消滅更多叛軍。」

「收兵！」季如風淡淡道，「回陝郡。」

「收兵？爲什麼要收兵？」衛伯玉有些奇怪，「叛軍不熟悉地形，且現在天色未明，正是咱們大顯身手的時候。」

「立刻收兵，咱們在陝郡城下再設一個埋伏。」季如風沒做更多的解釋。

衛伯玉呆了一呆，心中又生出扇他嘴巴的衝動，不過想起他手中的密詔，衛伯玉只得對隨從下令：「傳令下去，立刻收兵回城。」

黎明時分，史朝義率數萬先鋒終於來到陝郡城下，誰知正要組織攻城，衛伯玉已率唐軍從身後殺到，打了他後軍一個措手不及。雖然人馬損失不大，但攻城器械卻大半被唐軍燒毀，史朝義欲一鼓作氣攻下陝郡的願望徹底落空。

不過史朝義並不氣餒，立刻令人伐木重造雲梯，忙活數日雲梯剛剛造好，卻被唐軍夜襲營寨，將所有新造的攻城器盡數燒毀。唐軍就像有如神助，總是能明察史朝義的每一步計畫，並預先進行破壞和打擊。

史朝義自鄴城出兵以來，還從未遇到過如此難纏的對手，原本準備三天打下陝郡，誰知拖延半月卻還沒來得及正式攻城。這時，史思明的大軍已抵達潼關城下，見史朝義還對陝郡束手無策，史思明只得親率一支精銳趕來增援。

史朝義見父皇親至，連忙帶隨從前去接駕，誰知剛一見面，便遭到父皇劈頭蓋臉一頓臭罵：「朕給你的是范陽最精銳的部隊，人數是陝郡守軍的數倍，那衛伯玉更是個名不見經傳的無名小卒，你卻連他一根寒毛都沒摸著，簡直是丟盡了咱們老史家的顏面。你數萬精銳被小小陝郡擋在城外，還有何面目見朕？」

史朝義不敢爭辯，只得小聲囁嚅道：「孩兒再去攻城，不拿下陝郡誓不甘休！」

史思明一聲冷哼，淡淡問：「聽說你曾有心率軍回范陽，欲與你兄弟爭那太子之位。你從鄴城打到洛陽，一路勢如破竹，幾乎如入無人之境，卻在這小小的陝郡被一個名不見經傳的衛伯玉擋住，說出去誰會相信？你這是故意給朕臉色看吧？好讓朕早點立你爲太子。」

史朝義沒想到自己一時激憤之言，竟傳到了父皇耳中，他不禁嚇出了一聲冷汗，以爲身邊有父皇的耳目，他不敢否認，只得小聲道：「孩兒是一時糊塗失言，並非真要帶兵回范陽。」

史思明厲聲喝道：「大軍遠征，最忌動搖軍心。你身爲皇子，竟揚言要帶兵回范陽，簡直就是要臨陣脫逃。按律當斬！何況你還作戰不力，在陝郡城下損兵折將，更是該罪加一等。」說到這，史思明陡然提高了聲音，「來人，拉出去砍了！」

眾將嚇了一跳，連忙爲史朝義求情。

史思明倒也不是真心要斬兒子，只是大軍遠離范陽多日，不少將士難免有思鄉之念，他要借兒子來警示眾將，同時也提醒兒子，不要居功而傲。

見眾將紛紛爲兒子求情，他也就順水推舟道：

「看在大家的面上，朕暫且將你的腦袋寄放在脖子上，不過死罪雖免，活罪難逃，拉出去打八十軍棍，營門外示眾一日。」

幾名兵卒應聲將史朝義拖了出去，看在他是皇子的面上，眾兵卒不敢真的用力，這八十軍棍打下來，倒也沒留下多大的內傷。不過史朝義卻是羞憤難當，身為皇子被打軍棍，還被示眾一日，這簡直就是奇恥大辱，這樣的皇子顯然已沒有資格再爭什麼太子了。

好不容易挨到第二天示眾完畢，史思明又對一瘸一拐前來謝恩的兒子道：「看在你過去戰功的份上，朕許你戴罪立功。不過陝郡你不用管了，現在大軍缺一座屯糧的城池，朕命你率本部人馬立刻趕建，務必在一個月之內完工。」

史朝義忙問：「不知需建多大一座城池？」

史思明道：「方圓至少得有五里，才足夠屯糧和駐軍，若不能按時完工，朕將數罪並罰！」

史朝義不敢不遵，拖著傷腿回到自己營寨，連夜令幕僚測算工期，沒多久幕僚將結果送到，史朝義一看，才知僅憑自己手下將士，要想按期完成這座城市，幾乎就不太可能，他不禁滿面愁容，急忙讓人去找任天翔前來商議，想借他的智慧找到解決之道。

任天翔匆匆趕到，他仔細看完幕僚的測算結果，神情木然地沉吟半晌，才對史朝義道：「殿下難道沒有發覺，你父皇當眾責罰殿下，又交給你一個幾乎不可能完成的任務，其實並不是因爲你打了敗仗麼？」

史朝義澀聲問：「此話怎講？」

任天翔面有難色道：「我不敢說，在下畢竟只是個外人，而殿下與你父皇乃是至親骨肉。」

史朝義摒退左右，沉聲道：「我赦你無罪，你但說無妨。」

任天翔猶豫片刻，這才低聲道：「殿下自鄴城出兵以來，一路勢如破竹，攻下無數城池，功勞之大軍中無人能及。你父皇卻從來沒有獎賞，殿下僅在鄴城略有折損，你父皇便當眾責罰示眾，其用意實在令人寒心啊。」

見任天翔欲言又止，史朝義喝道：「你儘管說，不用有任何顧慮。」

任天翔點點頭，緩緩道：「你父皇心中顯然早已意屬你兄弟，任命你爲先鋒，其實就是在等你出錯，無論你立下多大的功勞，只要有一點小錯被他抓到，他便要借機責罰羞辱，令你在軍中威信掃地，爲他廢長立幼打下基礎。他現在故意給你一個難以按期完成的工程，便是要令你再次違反軍令，並以軍令再次處罰殿下，讓你在軍中再也抬不起頭來。殿下想以軍功做太子，我只怕你無論如何努力，也無法改變你父皇心中早已做下的決定。」

史朝義呆在當場，他並不笨，被任天翔一語點透其父的用心，他不禁有種前途渺茫、孤立無助之感。他可以不做太子，但是想到心愛的女人也被史朝清強佔，他就心有不甘，滿腔憤懣。他在前方浴血奮戰，不僅冒著陣亡的危險，甚至還要提防父皇嚴苛的責罰。而史朝清在後方打打獵玩玩女人，就輕輕鬆鬆做了太子，這世界還有沒有天理？

看到史朝義臉上陰晴不定，時而頹喪、時而憤懣，任天翔就知道時機已經成熟，他輕輕嘆了口氣，淡淡道：「我對誰做大燕國太子並不怎麼關心，不過，我不能眼看著安小姐落在史朝清手中而不顧，我想殿下也跟我有同樣的心思。要想救安小姐也不是沒有辦法，就不知殿下有多大的決心？」

史朝義忙抓住任天翔的手道：「什麼辦法？快講！」

任天翔眼中閃過一絲冷厲，輕聲道：「破釜沉舟，奮力一搏！」

見史朝義一臉迷茫，任天翔湊到他耳邊，低聲道：

「你父皇心中早已屬意你兄弟，無論你做多大的努力都沒有用。要想做太子救出安小姐，唯有發動兵變，將你父皇軟禁，逼他冊立你爲太子，爾後派人帶著你父皇的手諭回范陽，殺辛皇后和史朝清救出安小姐，然後效法李世民，逼你父皇退位爲太上皇，殿下自己做大燕國皇帝。」

史朝義面色大變，失聲道：「你、你要我以下犯上，發動兵變？」

任天翔點點頭：「唯有如此，才可救出安小姐，殿下也才有機會登上大燕國皇帝的寶座。」

史朝義連連搖頭：「不行！我決不能以下犯上，違背父子綱常。」

任天翔淡淡道：「俗話說父慈子孝，若父不愛子，便是違背綱常在先。聖上對殿下如何，想必殿下自己也心知肚明，不用我這外人多嘴。你若擔心勢單力薄難以成事，那就是低估了自己在軍中的威信。」

任天翔說著輕輕拍了拍掌，就見帳簾掀動，兩個年輕的將領已魚貫而入。史朝義大驚失色，沒想到帳外竟有人偷聽，仔細一看，竟是自己最信任的兩個心腹驍將，身材魁梧高大的是蔡文景，白面秀氣的是駱悅，二人皆是從范陽就追隨史朝義起事的心腹，一直被史朝義視同真正的兄弟。

二人拜倒在史朝義面前，決然道：「殿下目前的處境，咱們心知肚明，只要殿下一句話，咱們兄弟赴湯蹈火，在所不辭！」

史朝義張口結舌，望向任天翔道：「你們、你們這是什麼意思？」

任天翔攤開手道：「不關我的事，他們是殿下出生入死的兄弟，無論誰對殿下不利，他們都決不會袖手旁觀。殿下在軍中並不孤獨，只要登高一呼，有無數將士願為殿下賣命。」

史朝義沉吟良久，澀聲道：「看在過去的交情上，今日之事我不追究，但往後誰若再提一個字，便同此案。」說著他拔劍而出，一劍將書案劈成了兩段。

蔡文景與駱悅相顧駭然，沒想到史朝義會如此反應，二人不敢再勸，只得將目光轉向任天翔。就見任天翔神色如常，拿起書案上那張由幕僚測算的工期計畫，淡淡問：「今日之事咱們不會再提，不過這個工程，殿下作何打算？」

史朝義沉聲道：「明日一早我親自帶人加緊建造，哪怕不眠不休也要按期完工。我把這當成是父皇對我的考驗，我要讓父皇看到我的能力和意志，我要用自己的努力令父皇回心轉意。」

雖然史朝義說得堅決，但任天翔已從他貌似剛毅的眼神中，看到了他內心深處的無奈和不自信。不過他沒有再勸，只點頭道：「無論殿下做何決定，咱們都會堅決擁護，但願聖上能看到殿下的赤膽忠心，最終改變主意。」

第二天一早，史朝義親自督工，率所部兵將沒日沒夜地加緊建城，數萬兵卒見史朝義竟身先士卒親自勞作，不禁十分感動，眾將士齊心協力玩命勞作，竟在一個月期限內，建起了一座方圓五里有餘的囤糧城堡，創造了一個小小的奇蹟。

見工程基本完工，史朝義終於下令讓所有兵將原地休整。眾人正沉浸在巨大的成功喜悅中，就見史思明率隨從親自前來驗收。

見兒子率部卒按期建成了這座囤糧之城，他也不禁有些意外，圍著城牆縱馬馳騁一周，對滿面得色的兒子並沒有半句褒獎，卻指著城門質問：「為什麼還沒有裝上大門？」

史朝義忙解釋道：「兒臣見將士們辛苦，所以讓他們先休息，城門片刻就可裝好，也不急在這一時。」

史思明勃然怒道：「工程尚未完工，你便率將士先休息。你體惜部下，卻將朕的軍令視同虛設？」

史朝義原本以為父親會誇獎自己幾句，沒想到卻被兜頭潑了一瓢涼水，不禁目瞪口呆僵在當場。他終於明白自己無論做什麼，父皇都會挑剔，因為父皇就是要削弱自己在軍中的威信，以便為廢長立幼創造條件。

史思明不再理會滿臉失落的兒子，卻令隨從將城門裝起來，這等於就是說史朝義最終沒能按期完工，自然也就沒有任何功勞可言。待隨從將城門全部裝好，他才對跪地請罪的兒子冷哼道：「待朕攻下陝郡，回頭再跟你算這筆賬！」

望著史思明憤然遠去的背影，史朝義渾身從心底一直涼到髮梢。沒等他從這打擊中恢復過來，就見蔡文景和駱悅雙雙前來辭行，二人對史朝義含淚拜道：

「咱們兄弟追隨殿下多年，就是刀架在脖子上都不會皺下眉頭。但是現在咱們實在是心灰意懶，望殿下看在咱們過去的交情上，放咱們兄弟離開。」

史朝義一驚，失聲問：「你、你們竟要捨我而去，你們要去哪裡？」

二人對望一眼，駱悅沉聲道：「咱們視殿下如兄弟，不忍有半點隱瞞。咱們要去投唐軍，殿下若要治我倆叛國投敵之罪，咱們也只好認了。」

史朝義還沒來得及作答，就見任天翔也來到自己面前，一看對方的臉色，史朝義就猜到他的用意，不禁問道：「你也要走？」

任天翔黯然嘆道：「天下無不散的宴席，天翔與殿下就在這裏分手吧。在下原本以爲殿下可以救安姑娘，所以不惜千里來投，沒想到……我將回范陽見安姑娘最後一面，讓她安心嫁給史朝清，早點對殿下死心吧。」

明知三人是約好了向自己施壓，史朝義也無可奈何。這三人都是他最爲信賴和倚重的心腹，若他們都走了，他將更加孤立無助，再無可用之人。眼看三人先後轉身而去，史朝義終於低聲道：「等等！我還有要事依仗三位兄弟，望三位留下來幫我！」

聽到這話，任天翔嘴邊露出一絲得意的微笑，李泌當初定下的計謀，終於看到了實現的曙光，史思明的末日快到了。

陝郡由於有任天翔暗通消息，加上又有義門智者季如風協助守城，司馬瑜指揮叛軍圍攻一月，竟然不能攻下。他被戰事弄得焦頭爛額，沒有精力關注後方的變化，更沒有想到任天翔已潛伏於史朝義身邊，從內部對史思明父子進行挑撥和分裂。

現在史朝義與任天翔、蔡文景、駱悅四人，雖然各懷私心，但也已經達成基本共識。史朝義要想做太子甚至做皇帝，必須對父親下手；蔡文景與駱悅在軍中資歷尚淺，要想出人頭地必須要敢冒險，助史朝義登上大寶，無疑是最便捷的道路；任天翔則是別有用心，要從內部分化瓦解叛軍。四人終於走到了一起。

「你們有何良策，說來聽聽。」史朝義也無需再掩飾，開門見山問道。

蔡、駱二人對望一眼，低聲道：「我們手下有一幫鐵杆兄弟，可為殿下所用。不過要對付聖上身邊的衛隊，就憑咱們這些人恐怕還不夠。而且聽說聖上身邊還有摩門高手隨行保護，咱們萬萬不可大意。」

史朝義知道摩門高手的厲害，聞言神情微變，臉上頓有難色。任天翔見狀忙道：「殿下不必擔心，史思明身邊的摩門高手是摩門五明使，我對他們倒也不算陌生，他們可交給我義門弟子來對付，殿下只要專心對付史思明身邊的衛隊就可以了。」

任天翔在史思明和司馬瑜身邊有邱厚禮這個內應，對他們的情況幾乎瞭若指掌，這也是司馬瑜對陝郡屢攻不下的根本原因。史朝義也知道當年在百家論道大會上，摩門高手在義門弟子面前鬧了個灰頭土臉，聽到任天翔的保證，他稍稍放下心來，沉吟道：

「父皇身邊的侍衛首領曹參軍，曾被我救過性命，與我私交甚篤，咱們可將他請來。只要有他帶路，咱們可帶人直達父皇的中軍大帳。」

駱悅自告奮勇道：「我去！曹參軍的兒子與我是鐵杆兄弟，我可以借找他兒子之名見到他。」

史朝義頷首道：「好！這傢伙最喜酒色，你就說我弄到幾個漂亮姑娘，請他悄悄過來與本殿下同樂。」

駱悅應聲而去，剩下三人則在帳中焦急等待。

任天翔心知此舉十分冒險，幸好司馬瑜此刻正率叛軍在前方攻城，史思明身邊的心腹也都在外帶兵打仗，不然他萬萬不敢如此草率。

三人度日如年，直到天色入黑，駱悅才帶著曹參軍回來。

曹參軍是個粗豪魁梧的漢子，滿臉酒色之氣，尚未進門就在低聲輕呼：「聽說殿下有漂亮姑娘，不知是從哪裡尋得？」

說話間，曹參軍已低頭進來，抬頭一看帳中氣氛有些不對，沒有一個女人，卻只有四個虎視眈眈的男人。他疑惑地望向史朝義道：「不知殿下說的女人在哪裡？」

史朝義陰陰一笑，淡淡道：「只要將軍幫我做一件事，我可以送將軍一百個女人。」

曹參軍強笑道：「能為殿下效勞是在下的榮幸，不敢跟殿下要報酬，就不知殿下要我做什麼事？」

史朝義神情陰冷，一字一頓道：「帶我去父皇的大帳。」

曹參軍心中一凜，立刻猜到史朝義的企圖。他看看帳中情形，不僅史朝義虎視眈眈，就是蔡文景與駱悅也悄悄握住了劍柄。只要一個應對不當，肯定被斬當場。

他在心中略作權衡，立刻拜倒在地：「殿下於我有救命之恩，卑職從未敢忘，只要殿下有令，卑職無不從命。」

史朝義滿意地點點頭，連忙扶起他道：「只要將軍助我成此大事，在下決不會虧待將軍。」

曹參軍對史朝義又拜了一拜，這才起身道：「聖上此刻正在帳中歇息，殿下隨我來！」

任天翔輕輕拍了拍手，早已在帳外待命的十幾名義門高手，在杜剛、任俠等人率領下應聲而入。任天翔望向史朝義，就等他一聲令下。

就見史朝義此刻卻有些躊躇，沉吟良久，方緩緩道：「我是迫不得已，才出此下策，但聖上畢竟是我生父，所以望諸位不可輕辱，更不得傷害。」

任天翔知道不可將史朝義逼迫太急，連忙答應道：「殿下放心，咱們只要逼聖上退位即可，決不會令殿下背上弒父的惡名。」

史朝義艱難地點點頭，終於低聲下令：「行動！」

一行人在曹參軍率領下，連夜直奔史思明的中軍大帳。由於曹參軍乃史思明衛隊首領，有通行所有關卡的腰牌和令符，而史朝義等人則身著普通兵卒衣服，假扮成曹參軍的隨從，一行人幾乎沒有受到任何盤查，就一路直抵中軍大帳。

帳外有史思明的親兵站崗守衛，曹參軍在史朝義示意下，率先上前吸引幾個站崗親兵的注意力，而杜剛、任俠等人則從一旁潛行過去，從後方突然出手，乾淨俐落地解決了幾名守衛的親兵。然後眾人一擁而入，誰知帳中不見史思明蹤影，被窩中卻傳出了女人的驚叫。

杜剛搶先捂住那女人的嘴，低聲喝道：「史思明在哪裡？快說！」

那女人被手執兵刃的眾人團團圍住，早已嚇破了膽，哆嗦半晌方指向帳後，囁嚅道：「聖上方才起身如廁，還沒回來……」

女人尚未說完，突聽帳外傳來一聲刺耳的厲喝：「什麼人敢擅闖聖上寢帳？」

這喝聲中氣十足，明顯不是尋常將佐，任俠耳尖，不禁變色道：「是摩門五明使！」

話音未落，帳外已傳來一兩聲短促的驚呼，留在帳外警戒的幾名兵卒，顯然已遭了毒手。任天翔忙示意任俠率幾名墨士擋住五明使，然後對還在發愣的史朝義道：「快找到你爹，不然殿下恐怕活不過今晚！」

這話提醒了史朝義，他急忙對蔡、駱二人下令：「快追！莫讓他逃了！」

蔡、駱二人忙率手下追出後帳，分成兩路四下搜尋，黑暗中，蔡文景隱約看到有個黑影已跨上馬背，正縱馬要逃，他連忙彎弓搭箭射將過去，那黑影應聲落馬。幾名兵卒一擁而上，卻聽那人色厲內荏地喝道：「什麼人竟敢以下犯上？」

一聽果然是史思明的聲音，眾兵卒在他積威之下，一時不敢上前。任天翔忙對還在發愣的蔡文景和駱悅喝道：「還不快拿下，咱們今晚都得葬身於此！」

這話提醒了這兩個天不怕地不怕的年輕人，二人衝將上前，合力將史思明按倒在地。

史思明原本也是一代猛將，只是在當了皇帝後，早已將功夫擱下，黑暗中，後背又先中了一箭，受傷在先。在兩名如狼似虎的年輕將領面前，再無掙扎之力。黑暗中他雖然看不清犯上的逆臣，卻也猜到是受兒子主使，他急忙高呼：

「朝義吾兒，爲父可以將皇位傳給你，你萬不可背上弒父的罪名啊！」

蔡、駱二人雖然已經將史思明控制住，但他畢竟是史朝義的父親，二人不敢擅自做主，便都將目光望向史朝義的方向。

史朝義雖然帶兵謀反，但史思明終歸是他生父，事到臨頭他卻無顏與之相見，避在暗處猶豫半晌，最終還是對任天翔低聲吩咐：「告訴他們，不可對父皇無禮。」

任天翔雖然想殺史思明，但現在置身於無數叛軍中間，他也不能自作主張，只得對蔡、駱二人低聲道：「將他換身衣服，先帶回去再說！」

二人立刻脫下外套裹在史思明身上，又撕下衣衫堵住他的嘴，然後將之綁在馬鞍之上，依舊由曹參軍領路，從營帳另一面撤離。

此時已有兵將聽到中軍大帳的打鬥，匆匆趕來救駕，卻聽曹參軍喝道：「摩門犯上作亂，欲行刺聖上，快去將他們拿下！」

曹參軍是史思明的心腹衛隊長，眾兵將沒有懷疑，紛紛向正在與任俠等人惡鬥的摩門五明使包圍過去。

史思明的親衛兵卒大多是胡人和番人，只是粗通唐語，而五明使也都不是唐人，對唐語更是生疏，混亂中雙方都聽不清對方所說，一時亂作一團。

五明使被眾兵將當成行刺聖上的刺客，遭到眾人圍攻，不禁氣得哇哇大叫，倉促間卻是辯解不得。眼看四周的兵將越來越多，淨風立刻對同伴打了個呼哨：「走！」

四人武功比普通兵將高出不是一點半點，真心要走沒人攔得住他們。就見四人在重重包圍下勢若游龍，奮力殺出一條血路，直奔陝郡城下，那裏是攻城精銳的駐地，也是司馬瑜營帳所在。

任俠等人趁亂撤出戰場，尾隨任天翔等人撤回史朝義的駐地，那座新建的囤糧之城正好派上用場。史朝義已派人駐守其中，成爲一座堅不可摧的堡壘。

雖然綁架了史思明，但史朝義卻不敢去見他，只得讓曹參軍傳話。史思明見背叛自己的竟有自己心腹，不禁質問道：「朕待你不薄，你爲何要背叛朕？」

曹參軍倒也沒有半點羞慚，落落大方地答道：「懷王乃是陛下親生兒子，就連他都要背叛你，何況是我這個不入流的微末將佐。」

史思明無言以對，轉而問道：「那逆子在哪裡，爲何不敢來見朕？」

曹參軍笑道：「懷王殿下不忍見陛下受苦，所以特令卑職前來傳話，只要陛下下詔讓他繼承大統，他願奉陛下爲太上皇，留在范陽頤養天年。我已將陛下的玉璽和文房四寶帶來，就等陛下下詔退位，將大燕國皇帝之位傳與懷王。」

史思明心知到現在這一步，一切反抗都是徒勞，他不禁仰天嘆道：「這逆子也實在太心急，何不等朕打下長安再動手？大燕國眼看就能打敗大唐，一統天下，卻因這逆子犯上作亂而功敗垂成！時也？命也？真是天不助朕啊！」

曹參軍將文房四寶鋪好，陪笑道：「聖上也不必悲傷，懷王乃聖上長子，由他繼承大業一統天下，其實也跟聖上一統天下沒有兩樣。」

史思明冷哼道：「那逆子軍中資歷尙淺，在那幫老將眼裏不過就是個小屁孩，沒有朕，他能指揮得動他們？他還想一統天下？不被人割了腦袋給李亨送去，那就算是他命好。」

曹參軍指向鋪好的紙墨筆硯，陪笑道：「以後的事誰說得清楚？不過眼下的事卻很緊急，想必陛下不會讓卑職爲難吧？」

史思明一聲長嘆，無奈提筆草草寫下了幾個字。他原本不識幾個字，直到當了皇帝後，才在幕僚的指導下學會了百十個常用字，以應付不得不寫的親筆詔書，所以他的詔書都非常幹練簡短。不過他那手字，旁人卻是模仿不來，所以也不怕有人僞造，他的心腹將領也盡皆認得這獨一無二的筆跡。

曹參軍拿起詔書仔細看了看，確認無誤後蓋上玉璽，然後將這道寶貴的詔書仔細收了起來。有了這道詔書，史朝義可以名正言順地繼承大統，成爲大燕國新的皇帝，而曹參軍也可以憑著這功勞，在新皇帝面前重新得寵。

片刻後，這道詔書便到了史朝義手中，史朝義一見之下大喜過望，拍案道：「太好了！有了這道詔書，誰還敢反對我繼承大統？」

話音未落，突見蔡文景跌跌撞撞地進來，驚慌失措地道：「殿下不好了，聖上……聖上不見了！」

史朝義一驚，急忙喝問：「怎麼回事？快說！」

蔡文景喘息道：「方才卑職遵照殿下吩咐，去給聖上送酒菜壓驚，誰知關押聖上的地方已空無一人，幾名負責守衛的兵卒已被人所殺，沒留一個活口。」

史朝義面色一下子變得煞白，結結巴巴道：「快……快帶我去看看。」

幾個人匆忙來到關押史思明的廂房，就見任天翔與幾個義門劍士已先一步趕到。方才任天翔帶人去接應落在後面的任俠等人，沒想到就這片刻功夫已生出這麼大的變故，但見幾個守衛的兵卒刀未出鞘，脖子上卻留下了一道淺淺的傷痕，剛好割斷脖子右側的大血管，可見兇手一定精於殺人。

「是辛氏兄弟！沒想到司馬瑜這麼快就得到消息，派他們前來救人。」任天翔從幾具屍體上抬起頭來，他見過辛丑辛乙的刀法，也見過他們殺人，所以一眼就認出了他們的傑作。

「怎麼辦？現在怎麼辦？」史朝義頓時六神無主，滿臉惶恐，「父皇若被他們救走，我一定死無葬身之地。」

任天翔沒有立刻回答，卻望向了還在伏地查探的小川流雲身上。他知道義門眾劍士中，唯小川修習過忍術，對跟蹤、潛伏應該最有心得。

就見小川如獵犬般伏地嗅了片刻，然後往右方一指：「他們往那邊走了，辛氏兄弟帶著個受傷的人，應該走不快，咱們或許還能追上。」

史朝義有些將信將疑，問道：「你怎知道是往那邊？」

小川流雲淡淡道：「人在緊張或恐懼的時候，會散發出一種強烈的體味，聖上剛經歷今晚的大變，身上的體味尤爲強烈，這種特殊的味道爲咱們指明了他的方向。」

史朝義奇道：「我怎麼聞不到？」

小川笑道：「只有經過訓練的特殊鼻子，才有足夠靈敏的嗅覺，殿下聞不到也很正常。」

雖然史朝義依然還有些不信，任天翔對此卻毫無懷疑，他連忙對任俠等人一揮手：「快追！務必要將史賊截回來！」

幾個義門劍士立刻應聲而去，身形猶如流星一般，轉眼便消失在夜幕深處。史朝義則向隨從吩咐：「速速傳令下去，就說有人挾持了聖上，所有兵將立刻加強警戒，務必將之攔下。」

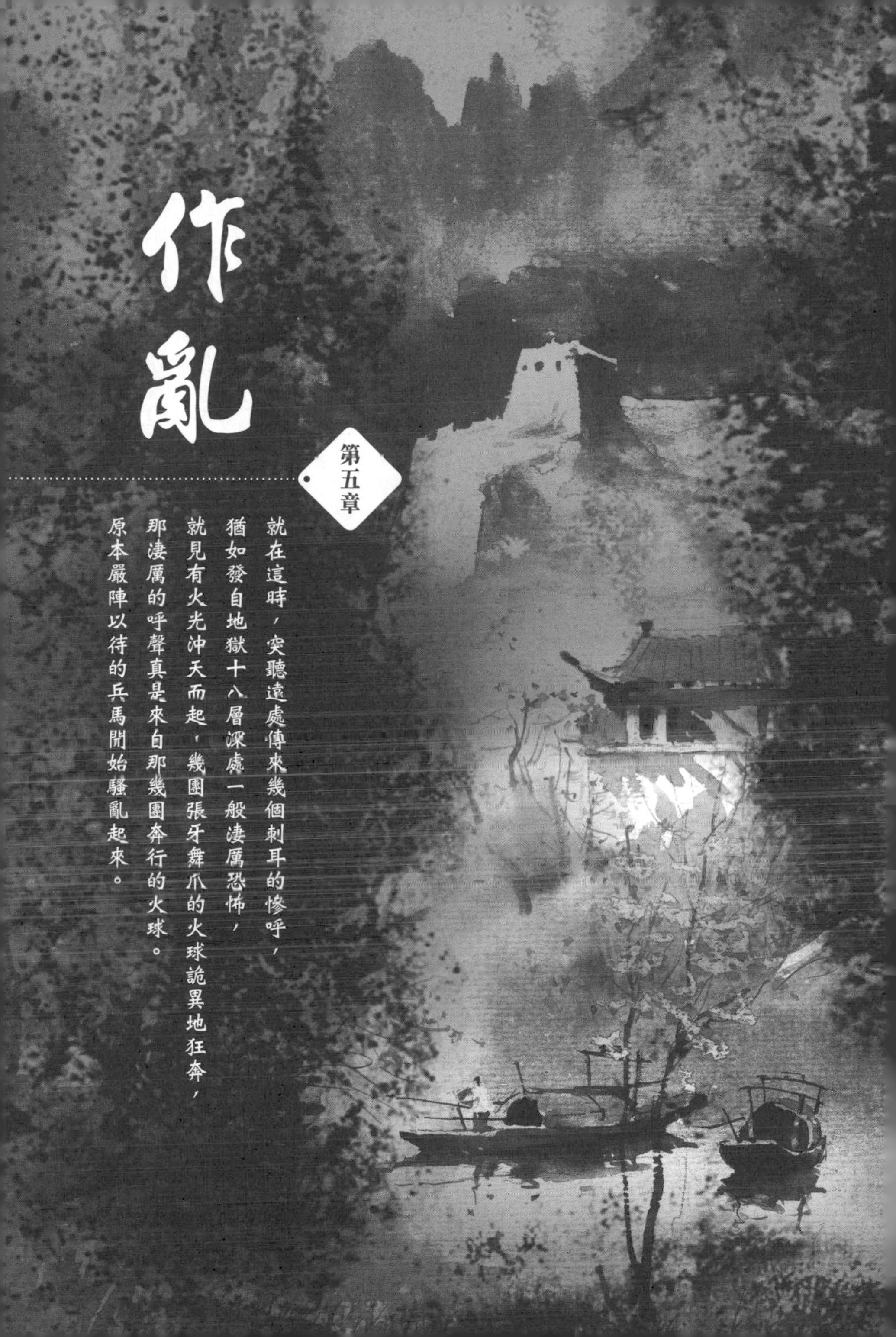

第五章 作亂

就在這時，突聽遠處傳來幾個刺耳的慘呼，
猶如發自地獄十八層深處一般淒厲恐怖，
就見有火光沖天而起，幾團張牙舞爪的火球詭異地狂奔，
那淒厲的呼聲真是來自那幾團奔行的火球。
原本嚴陣以待的兵馬開始騷亂起來。

就在小川流雲等人追出去不久，不遠處便傳來了打鬥聲，任天翔與史朝義循聲過去一看，就見辛氏兄弟護著史思明正邊戰邊退。原來小川以他那過人的嗅覺，準確地判明了史思明逃離的方向，在辛氏兄弟即將逃出軍營之前，終於帶義門眾士將之追上。辛氏兄弟刀法雖高，但行藏敗露，已陷入無數兵將的重重包圍，只是那些兵將已認出面前竟是大燕國皇帝，一時心有疑惑，不敢上前動手。

史思明眼見被圍，不禁高呼道：「我是大燕國皇帝，逆子想要殺我，速來救駕！」領兵的蔡文景與駱悅連忙高喊：「別聽他的，聖上是受刺客挾持，不得不照刺客的吩咐說。大家快上，將刺客拿下！」

眾兵將面面相覷，不知該聽誰的。蔡文景與駱悅雖然是他們頂頭上司，但面前的人卻是大燕國皇帝，在眾兵將心中有著崇高的地位，眾人一時間左右爲難，不知如何是好。到這一步，史朝義也無法再躲在幕後，只得上前對眾兵將喝道：「快上前救駕，違令者斬！」

眾人畢竟是追隨史朝義多年的兵將，聽到命令不再猶豫，立刻上前圍攻辛氏兄弟，辛氏兄弟武功雖高，但架不住對手人多勢眾，漸漸有所不支。

就在這時，突聽遠處傳來幾個刺耳的慘呼，猶如發自地獄十八層深處一般淒厲恐怖，跟著就見有火光沖天而起，幾團張牙舞爪的火球詭異地往四下狂奔，那淒厲的呼聲真是來自那幾團奔行的火球。原本嚴陣以待的兵馬開始騷亂起來，有人在失聲驚呼：

「國師！國師來了！」

眾人循聲望去，就見一白袍老者大袖飄飄，正行若御風般大步而來，幾個來不及避開的兵將被他或擊或拍，轉眼就變成了一個火人。十餘名摩門高手包括摩門五明使在內，皆緊跟在他身後，果然就是被史思明封爲國師的摩門大教長佛多誕。

當初史思明拜他爲國師之時，他曾在教場以天火燒死北燕門高手燕寒山，以及安慶緒手下第一猛將崔乾祐，這在范陽軍中原本就已被傳得神乎其神，如今親眼見他放火殺人，對眾兵將的震懾遠遠超過了任何一個恐怖的傳說。

范陽兵將以胡、奚、同羅、契丹等族爲主，篤信各種神蹟，見佛多誕露了這一手不可思議的武功，立刻被范陽兵將視爲不可阻擋的惡魔。當年史思明爲了讓摩門順利代替薩滿教成爲大燕國教，曾有意對佛多誕進行神化，造成范陽將士對這位神鬼莫測的國師，有著一種近乎迷信般的恐懼。如今見他親自率摩門高手齊至，眾兵哪裡還敢阻攔？眾人不顧蔡文景、駱悅等人的將令，如潮水般紛紛往兩旁散開，以至佛多誕竟毫無阻攔地來到了任天翔等人面前。

「是你！」佛多誕一眼就發現了史朝義身後的任天翔，碧藍眼眸中不禁閃過一絲異色，「難怪懷王敢犯上作亂，原來是你這小子在背後搞鬼。」

任天翔見范陽諸將包括史朝義在內，對佛多誕畏若鬼神，他只得上前兩步，從容笑道：「大師世外高人，沒想到竟參與俗世紛爭，實在是令人意外。」

「國師救駕！國師快來救朕！」史思明見佛多誕一露面就震懾全場，不禁大喜過望，他想與摩門眾人匯合，但卻被義門眾士攔在中間，一時難以如願，所以忍不住高呼起來。

佛多誕對史思明撫胸一拜，轉向史朝義道：

「懷王殿下，本師相信你與聖上只是有些誤會，所以才被人利用犯上作亂。只要你懸崖勒馬向聖上請罪，本師可代你向聖上求情，讓聖上赦免你與手下眾將一切罪責，所有參與其事的將領皆可無罪，今晚發生的事也既往不咎。」

史朝義猶豫起來，不禁將目光轉向了任天翔，就見任天翔淡淡道：

「今晚之事，不是魚死，就是網破，殿下若要投降，咱們這些人大不了痛快一死，我只怕殿下將來會生不如死。」

史朝義心中一凜，立刻想到以父皇的為人，凡是參與叛亂的人肯定沒一個人能苟活，自己就算有佛多誕保命，失去了所有心腹部將，自己將來還不是任史朝清宰割。

想起那個殘忍好殺到有些變態的同父異母兄弟，他不禁激靈靈打了個寒顫，最終橫下心來，咬牙道：「不錯，不是魚死，就是網破，今晚之事，再沒有第三條路可走！」說著他拔劍而出，揮劍高呼，「給我殺！不留一個活口！」

蔡、駱兩將立刻率史朝義的親兵向摩門眾人衝去，這些親兵俱是追隨史朝義多年的心腹，無論忠誠和膽色俱遠勝尋常兵將，眾人毫不畏懼地衝向佛多誕，意圖以兵力優勢將摩門眾人全部消滅。

佛多誕身形一晃，迎著這些嗷嗷直叫的凶漢衝了過來，人未至，雙掌已連環拍出，轉眼間，數名親兵的身上就竄出沖天的火焰，將夜色照得如同白晝，火光中，就見這些中招的漢子在張牙舞爪嘶聲嚎叫，那情形猶如傳說中的煉獄。

佛多誕並不與史朝義的親兵糾纏，卻孤身撲向史思明。有摩門五明使等高手在後，足夠解決這股不到百人的精銳親兵。幾乎同時，辛氏兄弟也一齊動手，護著史思明往佛多誕方向衝，意圖與摩門眾人會合。幾名將佐抵擋不及三招，就先後中了佛多誕的烈焰刀，轉眼變成幾個手舞足蹈的火人，在夜幕下淒厲慘號。

史朝義手下那些兵將，怎見過如此詭異恐怖的武功，不禁嚇得連連後退，再不敢阻擋佛多誕去路，眼看他就要衝到史思明面前，任天翔急忙呼道：「快攔住他！別讓他們會合！」

熊奇手舞巨斧率先攔在佛多誕身前，誰知一招未發，胸口已被佛多誕輕飄飄拍了一掌。熊奇只感到一股熱流猶如火線，沿著自己經脈直抵丹田，氣海頓被這股熱流激發，像要沸騰般向全身瀰漫，再不受自己控制，那熾熱的感覺像火焰般直由氣海往外亂竄。

熊奇見過死在佛多誕手下那些人的情形，心知這是熱毒即將發作的先兆，他不禁一聲大吼，扔下沉重的巨斧，張臂向佛多誕抓去，他要在自燃之前纏住佛多誕，爲同伴贏得擊斃這惡魔的機會。

佛多誕沒料到熊奇如此兇悍，不敢與之硬拼，連忙往一旁躲閃，剛好迎上另一名墨士寧致遠的長劍，佛多誕曲指彈開長劍，正待揮手將對手擊退，誰知寧致遠竟不顧自身安危，和身逼近他的身前，以兩敗俱傷的招數只攻不守。原來他已看出佛多誕武功之高，絕非自己可以相抗，所以一出手就是墨家死劍，欲與佛多誕同歸於盡。

佛多誕雖然武功高絕，卻沒料到世上竟然還有這樣的武功，他雖然一掌擊中了寧致遠胸膛，但卻被寧致遠一把扣住了手腕，幾乎同時，渾身冒火的熊奇也追蹤而至，從後方兜頭將他抱住，他急忙以內力震開熊奇，不過身形終究緩了一緩，這時，就見另一名墨士郝嘯林也撲了過來，奮不顧身一劍直指其心臟。

佛多誕危急中勉強往一旁讓開一寸，避過了心臟要害，但因身體被熊奇纏住，終究未能完全躲開。就見這一劍在他胸前齊柄而沒，將他刺了個對穿。

見這狀若天人的摩門大教長、大燕國新的國師，竟然被人刺中，激戰的雙方都不禁停下了手。就見佛多誕雖然中劍，但依然震開了纏住自己的熊奇，爾後一掌將郝嘯林擊飛，這才捂著胸口踉蹌後退。就見鮮血從他指縫間洶湧而出，他的臉色瞬間變得煞白。

摩門五明使急忙上前將之攙住，齊聲驚呼：「大教長！」

眼見義門高手再次逼近，佛多誕心知今日摩門再沒有抵抗的實力，不禁低聲喝道：「走！」摩門五明使急忙護著佛多誕匆忙後退，再無暇營救史思明。這時，熊奇、寧致遠、郝嘯林三人體內先後竄出了藍幽幽的火苗，義門眾人連忙上前救援，亦無暇阻攔摩門眾人，終讓摩門五明使護著佛多誕，衝破四周兵將的包圍張惶而去。

拜火教秘密相傳的邪門武功，果然霸道無匹，義門眾人盡了最大努力，也無法阻止三個同伴陸續變成了火人，眾人無助地望著三人在烈火中掙扎，最後不甘地倒下，在火焰中漸漸變成了三具焦黑的殘骸。

辛丑見摩門眾人已逃，心知憑他們兄弟二人，再難將史思明救出。他急忙一把將兄弟辛乙推開，斷聲喝道：「快走，去給先生報信！」

辛乙怔了一怔，心知自己就算留下來，也不過多一個人為史思明陪葬而已，他不禁一跺腳，揮刀殺出一條血路，往陝郡方向飛奔而去。由於義門眾人正忙著救助同伴，幾乎沒人阻攔，他終於憑著狠辣凌厲的刀法殺出史朝義營帳，直奔司馬瑜處報信。

辛丑揮刀為兄弟擋住了大部分追兵，但最終架不住史朝義手下兵將圍攻，最終被亂刀砍倒。失去庇護的史思明面對無數叛兵，猶在色厲內荏地喝道：「朕乃大燕皇帝，誰敢傷我？」

眾兵將在他的積威之下，俱不敢輕舉妄動，雙方正在僵持，蔡文景急忙來到史朝義面前，低聲請示：「殿下，怎麼辦？」

史朝義避在一旁，低聲囁嚅道：「他畢竟是我父皇，就算他對我不仁，我也不能對他不義，所以……這個……」

任天翔眼見三個兄弟被佛多誕所殺，死得慘不忍睹，心中早已滿腔怒火，見史朝義既想當婊子還想立牌坊，還在假模假樣惺惺作態，他不禁來到史朝義跟前，憤然道：「方才就因為殿下優柔寡斷，害義門白白犧牲了三個兄弟，如今殿下還不下決心，待司馬瑜率大軍趕到，史思明再登高一呼，殿下恐怕就要為我的兄弟們陪葬。是讓你父皇為我義門兄弟陪葬，還是殿下親自陪葬，你小子掂量著辦吧！」

任天翔這話令史朝義一陣驚懼，不敢再猶豫，含淚對蔡、駱二人點點頭，卻不再言語。蔡、駱二人俱是他心腹，立刻心領神會，二人轉身直奔史思明。

史思明一見二人神態，便知今晚已不能倖免，他不禁高聲怒罵：

「逆子無謀，中了人家離間之計而不自知。姓任那小子連大唐皇帝都不放在眼裏，豈會爲你所用？義門眾士以俠義爲先，豈會幫你謀奪李唐江山？他們今天挑撥你殺父弒君，明日就會爲了天下大義殺了你！」

史朝義心中一動，不禁警惕地望向了任天翔。

任天翔見狀，冷冷道：「就算殿下對咱們有猜忌之心，也該先應付了眼前的危局。司馬瑜正率大軍趕到這裏，殿下再優柔寡斷，恐怕就再也見不到明日的太陽。」

遠處傳來隆隆的馬蹄聲，從四面八方將這裏包圍，史朝義心中一橫，對蔡、駱二人使了個眼色，二人不再猶豫，上前將史思明按倒在地，一人抱腰壓腿，一人取長弓套住史思明脖子，以弓弦勒住史思明咽喉，然後轉動長弓，像當初史思明下令縊殺安慶緒一樣，將這個亂世梟雄慢慢絞殺。

四周密集的馬蹄聲已來到近前，將史朝義所在的營帳團團圍困。聽馬蹄的聲勢和數量，顯然是攻打陝郡的叛軍主力，在司馬瑜帶領下趕來救駕，他們人數遠在史朝義所部兵馬之上，眾人不禁相顧失色，盡皆望向了史朝義。

史朝義此刻一掃方才故意裝出的優柔寡斷，顯出了他作爲史思明長子的冷厲和果敢，他突然拔劍指向任天翔，厲聲喝道：「將他們拿下！」眾兵將在蔡、駱二將率領下，立刻將任天翔等人圍在了中央，無數弩弓盡皆指向了義門眾人。

任天翔一眼望去，就見黑暗中指向義門眾士的弓箭不下百枚，再看看自己人，不僅有三人已慘死在佛多誕之手，其他人方才與摩門高手一番惡戰，也都多少掛彩，要想硬闖恐怕都不能倖免，他不禁對史朝義點頭道：「看來是我低估了你。」

史朝義沉聲道：「我不管你幫我的目的是真心還是假意，現在我只有借你的腦袋才能渡過眼前危機，所以你不要怨我，要怨就怨你自己太聰明，手下能人異士輩出，實在無法令人放心。」說完他對眾兵將一揮手，「拿下！」

眾兵將在蔡、駱二將率領下一擁而上，將義門眾人五花大綁綁了起來。

以義門眾士的武功若是放手一搏，即便身上有傷，也未必就沒有機會殺出重圍，但現在四周無數箭鏃指著任天翔，他們要是反抗，任天翔必定會被射成刺蝟，所以他們不敢抵抗，片刻間便被史朝義的親兵綁了個結實。

就在這時，一個將領驚慌地奔到，結結巴巴地對史朝義道：「軍師率大軍已來到城下，喝令咱們開門，不然就要攻入城中，救駕平叛。」

史朝義一掃方才的膽怯和猶豫，指指被俘的任天翔等人和地上史思明的屍體，冷靜地吩咐：「帶上他們，隨我出城去見軍師。」

城外數萬大軍中，司馬瑜正焦急地望著城頭，心中一直在懊惱不已。他一直在為攻下陝郡而殫思竭慮，卻忽視了史朝義與史思明之間的矛盾，沒想到最終這對父子竟鬧到你死我活的地步。他剛得知史朝義犯上作亂抓走史思明之時，沒有立刻帶兵救駕，他以為派出辛氏兄弟加佛多誕和眾摩門高手，足以救回史思明，沒想到佛多誕身負重傷鎩羽而歸，辛氏兄弟僅有辛乙僥倖逃回，他更沒有想到這場叛亂竟然是由任天翔在暗中策劃，義門高手幾乎是傾巢而出，要早知道這點，他必定會竭盡全力先平定後方，再圖謀攻陝郡。

但是現在，一切後悔都已經晚了，他只有在心中默默禱告，但願史思明還活著，只要這個大燕國皇帝還活著，他就有信心救回聖駕，平定叛亂。

城門洞開，史朝義一馬當先率眾而出，這讓司馬瑜有點意外。要知道司馬瑜所率兵馬是史朝義的數倍，如果沒有這座新建的囤糧之城庇護，史朝義在司馬瑜面前幾乎就沒有還手之力，他敢開門而出，顯然是認定司馬瑜不能拿他怎樣。想到這點，司馬瑜的心漸漸沉到谷底。

「軍師來得正好，我已將挾持聖上的奸細盡數拿下。」史朝義指了指身後被綁縛的任天翔等人。

「聖上呢？」司馬瑜忙問，雖然任天翔的被俘令他十分吃驚，但依然比不上他對史思明安危的擔憂。

史朝義突然垂淚哽咽道：「父皇……父皇已被他們殺害，孩兒救駕稍遲，最終沒能救回父皇性命。」

司馬瑜身形一晃，差點從馬鞍上摔了下來。他倒不是心痛史思明的死，只是他知道史思明對大燕國來說，是一個不可或缺的精神領袖，如果他遭遇意外，大燕軍隊哪裡還有心思打到長安？各路將領必定擁兵自重，大燕國除了史思明，還沒有任何一個人有資格統領全軍。他的計畫，他的王圖霸業，竟被眼前這無知的混蛋一手毀滅。

想到這，他心中不禁滿腔怒火，抬手就要下令進攻，將叛亂者盡數斬殺，以消心中之憤！

「放屁！」司馬瑜正待揮手下令，他身後的辛乙已縱馬而出，對史朝義厲聲怒罵，「聖上正是被你這叛賊帶人抓走，又是你下令阻止我們兄弟營救聖上，我大哥呢？他在哪裡？」

辛乙在方才突圍之時身負重傷，現在依然渾身血跡傷痕累累，神情更是駭人。史朝義不敢直答，忙對司馬瑜道：「軍師，我有父皇遺詔，繼承大燕基業。父皇臨死前一再叮囑朝義，平定天下一定要仰仗先生，父皇還稱先生乃上天賜予我史家的良師，足以安邦定國。因此朝義欲拜先生為兵馬大元帥，統領大燕國所有軍隊。」

說到這，史朝義從懷中拿出一封詔書，親自縱馬來到司馬瑜面前，恭恭敬敬地雙手奉上。

史朝義的話讓司馬瑜漸漸冷靜下來，史思明已經死了，再殺了史朝義也於事無補，不因憤怒殺人，這是千門弟子最起碼的素養。他木然接過遺詔，就見上面果然是史思明那獨特的筆跡，還蓋有大燕國玉璽，從程序上講，這封遺詔沒有任何問題。

現在司馬瑜要殺史朝義自是易如反掌，但殺了史朝義又如何？他自己的威信還不足以讓大燕國眾將臣服，大燕國只會因內亂而分崩離析，再沒有實力與大唐爭天下。雖然史朝義的威信也不足以令大燕國眾將俯首聽令，但有了這封遺詔，總算聊勝於無。

想到這，司馬瑜重重嘆了口氣，將遺詔還給了史朝義，然後在馬鞍上拱手拜道：

「微臣願輔佐懷王殿下，繼承先帝遺願，一統天下。」

司馬瑜既已稱臣，卻不下馬跪拜，實在是倨傲無禮之極，不過史朝義已無心計較。他連忙在馬鞍上拱手還拜道：「朝義得先生之助，實乃三生有幸，今後朝義當視先生如師如父，望先生盡展平生所學，早日掃平天下。」

司馬瑜對史朝義的恭維並無半分得色，卻指向史朝義身後的任天翔等人道：「還請聖上將聖上的遺骸，以及這幫弒殺聖上的奸細交給微臣，微臣要詳加審訊，並讓他們為聖上陪葬。」

史朝義知道現在生殺大權依然還掌握在司馬瑜手中，他不敢有絲毫意見，忙示意手下將任天翔等人交給司馬瑜的隨從。

就見司馬瑜神情失落地望向長安方向，突然怔怔地落下淚來，喃喃嘆息：「功敗垂成！功敗垂成啊！」

郊外的叛軍大營之中，燈火通明如晝，司馬瑜與任天翔相對而坐，二人面前是一桌豐盛的酒菜，這樣的酒菜若在戰亂前的任何一家酒樓，也許都算不上什麼，但在顛沛流離的軍營中，卻是十分罕見，這情形不像是在審訊犯人，倒像是故人聚會一般。

司馬瑜給任天翔斟滿酒，淡淡道：「你能潛入史朝義身邊，在我眼皮底下策動這次叛亂，為大唐除掉頭號勁敵，沒有內應絕對不行，這個人是誰？」

任天翔對司馬瑜敏銳的洞察力暗自嘆服，他躲開對方探究的目光，冷哼道：「你說是誰那就是誰，以司馬公子的頭腦，還用得著問我？」

司馬瑜皺眉沉吟道：「你策劃這樣的行動，最擔心的應該是被我識破，所以這個人對我的行蹤應瞭若指掌，你們才能避開我暗中行事。但是我身邊的人好像都沒有背叛我的理由，除非……」司馬瑜說到這，目光一寒，低聲喝道，「來人，讓邱厚禮來見我！」

辛乙應聲而去，不一會兒，邱厚禮神情忐忑地來到司馬瑜面前，陪笑問：「公子找我何事？」

司馬瑜盯著他看了良久，直看得邱厚禮膽怯地低下了頭，他才冷冷道：「如果說方才我還只是揣測，現在我卻已經可以肯定。」

「肯定什麼？」邱厚禮囁嚅問道。

司馬瑜沒有直接回答，卻反問道：「當初我收留你時曾經說過，你跟著我若看不到前途，可以隨時離開，在我落難的時候，你甚至可以出賣我，所以你在鄴城叛我，我一點不會怪你，但是你不該低估我的度量。在受到威脅之時不是向我坦白，而是大膽背叛我，你讓我非常失望。」

邱厚禮臉色一下子變得煞白，結結巴巴地道：「公子這話是什麼意思，小人完全不懂。」

司馬瑜一聲冷哼：「你現在不光是背叛了我，還敢侮辱我的智慧，在我面前公然抵賴。來人，拉出去砍了！」

兩個兵卒應聲而入，架起邱厚禮就走。到這一步，邱厚禮再不反抗，那就不是儒門劍士了。就見他雙臂一振彈開兩個兵卒，拔劍在手向司馬瑜撲來，待辛乙閃身護主之時，他的身形在半途一折，聲東擊西向一旁掠去，長劍劃開牛皮大帳，意圖向帳外逃竄。

就在大帳被劃開的瞬間，突聽帳外弓弦聲響，十餘支箭羽盡數釘在了他的胸膛上，邱厚禮喉嚨「咯咯」作響，一步步倒退入帳，舉劍指向端坐不動的司馬瑜，卻再也發不出半點聲音。

帳外埋伏的弓箭手悄然而出，將尚未斷氣的邱厚禮抬了出去，片刻間帳中又恢復了平靜，就像是什麼事也沒發生過。司馬瑜儀態蕭索地對辛乙擺擺手，示意他退下。

待辛乙離去後，帳中就只剩下司馬瑜與任天翔二人。就見司馬瑜緩緩舉起酒杯，強笑道：「咱們兄弟好久沒有在一起喝過酒了？」

任天翔想了想，頷首道：「鄴城咱們才在一起喝過。」

司馬瑜擺手笑道：「那次酒還沒動，兄弟就被安慶緒派人帶走，不能算數。」

任天翔點點頭，再次回想，卻再也想不起何時與司馬瑜單獨在一起喝過酒。不過他想起了與司馬瑜在長安以及在哥舒翰軍中飲宴的情形，直到這時，他才意識到他們是那樣熟悉，熟悉到超過任何一個朋友。

最瞭解你的往往不是你的朋友，而是你的敵人。任天翔第一次對這話生出了莫名的崇拜，簡直就像是至理名言。二人酒到杯乾，邊喝邊聊起從結識到敵對的每一次衝突，他們沒有半分敵意，只有對對方心計和才智的由衷讚嘆和佩服。

二人沒多久就喝光了一罈酒，司馬瑜有些醉了，他定定地望著任天翔靜了半晌，突然澀聲問：「你無數次壞我大計，無數次讓我功敗垂成，我都從來沒有想過要除掉你，你知道這是爲什麼？」

任天翔答不上來，不過他知道司馬瑜沒有半點誇張，至少在睢陽，他就公然放過自己一次。任天翔對此也曾有過無數猜測，但都沒有一個可以說服自己的答案。如果僅僅是因爲親情或結義之情，司馬瑜連自己妹妹都可以犧牲，難道表兄弟或妹夫能親過妹妹？如果說是因爲對旗鼓相當的對手的欣賞，這種欣賞難道能超過他胸中的雄圖霸業？

任天翔想了半晌，最後無奈地搖搖頭：「我不知道。」

司馬瑜突然哈哈大笑：「你也有想不明白的事，你也有不知道的情況？以你如此聰明的頭腦，難道就完全沒有一點揣測？」

他笑得狂放，以至淚水也忍不住奪眶而出，他不停地以衣袖擦拭，誰知那淚水卻如湧泉，再不可抑制，他笑得聲嘶力竭，最後竟變成了無聲的嗚咽。

任天翔從來沒有見過司馬瑜如此失態，心中震動非常。他幾次想要相勸，卻又不知從何勸起。

不知過得多久，司馬瑜漸漸止住淚水，目光呆滯地望向虛空，就在任天翔以為他已經睡著之時，卻聽他輕聲道：

「我有一個弟弟，叫司馬亮，當初爺爺為我們取名，正是取自『一時瑜亮』之意。他比我小兩歲，我五歲讀書，他就在一邊牙牙跟學，我六歲習棋，他就在一旁專門搗蛋，將我好不容易擺下的棋局弄得七零八落。不過我卻非常喜歡他，因為家裏只有我們兩個小孩，只有跟他在一起，我才可以無拘無束，為所欲為，我喜歡他嫩聲嫩氣地叫我哥哥，喜歡他跟著我讀書寫字，在我受爺爺處罰的時候，陪我在陰森恐怖的祠堂中罰跪。」

說到這，司馬瑜突然停了下來，眼中洋溢著一種從未有過的溫情和憐愛，他的表情時而溫柔，時而無聲失笑，讓任天翔也不禁有些心動，忍不住問道：

「為什麼我從來沒聽小薇說過她還有一個哥哥，他叫司馬亮？」

司馬瑜默默地沒有說話，不知過得多久，他才幽幽嘆道：「三歲那一年，他被爺爺送走了，然後我就少了一個弟弟，多了一個妹妹，也就是小薇。」

「這怎麼……」任天翔正待要問，卻突然感覺心中有如利箭穿胸，渾身一顫，手中酒杯應聲落地。

他怔怔地望著司馬瑜愣了半晌，突然使勁搖頭：「不！你在說謊！你在騙我！」

司馬瑜沒有辯駁，依舊沉浸在對往事的回憶中，遙望虛空喃喃自語道：

「那時候，阿亮整天穿著開襠褲，我總是取笑他屁股上的胎記像猴子一樣紅，所以稱它爲猴屁股。」

任天翔臉色刹那間變得煞白，他的屁股上確實有一塊紅紅的胎記，小時候十分明顯，長大後漸漸淡了許多也小了許多，成年後基本上就已經看不出來，如果不是小時候見過他這塊胎記，根本不可能知道他曾經有過這樣一塊紅印跡。

雖然任天翔拼命想要否認，但他那遠超常人的頭腦，依然將二十多年前發生的一切準確地在他心中還原——司馬蓉與任重遠生下的不是兒子而是女兒，司馬家爲了司馬蓉的孩子將來有機會繼承義安堂，用司馬家的孩子替換了司馬蓉所生那個年歲相仿的女孩。小薇不應該姓司馬而應該姓任，而那個叫任天翔的孩子，其實真正的身分是司馬亮，是司馬瑜的親弟弟，所以司馬瑜才屢屢在生死關頭放過他，直到今天。

除了這條明顯的線索，更無法忽視的是兄弟之間那種天生的血脈親情，以前任天翔始終不明白，自己屢屢破壞司馬瑜大計，但他每次於最後關頭，總是會放自己一馬。他以為司馬瑜是看在自己母親的份上，現在才豁然醒悟，原來自己是司馬瑜最為關心和愛護的兄弟，在他那冷酷無情的心靈深處，始終有一種難以割捨的至愛親情。他可以傷害任何人，卻決不會傷害那個從小就離散的親弟弟。

任天翔感覺自己眼眶發熱，突然有種想哭的衝動，他從來不知道在茫茫大千世界中，還有一個人在默默地關心著自己，愛護著自己，默默付出，不求回報。他心中突然對這個從未相認的哥哥，有種深深不安和內疚，如果可以選擇，他寧願自己從未傷害過他。

「看到當年牙牙學語的阿亮一天天在成長，我比任何一個人都還要高興。」司馬瑜眼中飽含柔情，望著任天翔淡淡笑道，「雖然他一次次壞我大事，一次次用各種卑鄙手段將我擊敗，我卻並不感到氣憤，就像看到當年他搗亂我辛苦排下的棋譜一樣。我甚至希望他可以超過我，成為實現司馬世家百年夢想的那個真命天子，如果是這樣，我甘願成為他的墊腳石。」

任天翔心神微震，突然意識到，在兄弟親情之上，還有一種衝突橫亙在兩人中間。那是司馬世家謀奪天下的欲望，與墨者義安天下的理想之間的衝突，這衝突幾乎就不可調和，除非他不再做一個墨者，而是安心做一個司馬世家的弟子，一個千門的繼承者。想到這，任天翔的心情漸漸冷靜下來，他知道自己將面臨艱難的抉擇。

司馬瑜慢慢抬起頭望向任天翔，他的神情也已平靜，猶目光猶如過去那樣寧靜如海，讓人莫測高深。他輕聲嘆道：

「爺爺當年將阿亮送到義安堂的目的，是希望他能以任重遠兒子的身分，為司馬世家掌握義安堂這股龐大的江湖勢力。但是他讓我們失望了，他將自己的聰明才智，用在了為人作嫁的愚蠢事業上。他一次次壞我大事我不生氣，但是看到他竟然心甘情願為李唐朝廷所用，卻沒有自己的欲望和野心，我不禁為之感到憤怒。」

說到這，司馬瑜突然長身而起，目光炯炯地盯著任天翔道：「雖然他無數次欺騙過我，但我還是願意再相信他一次。我想要他親口告訴我，在知道了自己真實身分後，他是要做司馬亮，還是要繼續做任天翔？」

任天翔一時難以回答，因為他知道這不是簡單的一個名字而已，而是要表明自己今後的態度和選擇！做司馬亮，那就是要繼承千門世家的榮耀，為司馬家的事業而奮鬥；做任天翔，那就是要繼承墨家祖師墨翟的遺志，率領義門踐行義安天下的夢想。他答不上來，他一時間還沒有適應自己這個新的身分。

「你不必急著回答我。」司馬瑜輕輕爲他撢去衣袖上的塵土，又爲他仔細整理了一下因捆綁而被撕破的衣衫，滿含關切地柔聲道，「你今晚好好想一想。當初我要你助我，你說你身上流淌著的是任重遠和義門先輩的血脈。現在你已知道，你身上流淌的其實是我千門世家的血，你那天才般的智慧，是來自司馬世家無數熠熠生輝的祖先那光榮的傳承，現在，是該你做出選擇的時候了。」

司馬瑜已經離開，大帳中只剩下任天翔一人，他默默地望著桌上的燭火發怔，從義門傳人到司馬世家弟子，這個身分變化的落差實在太大，令他陷入了前所未有的困惑之中。

他知道司馬瑜今天流了一生中最多的眼淚，告訴了與他身世有關的一切真相，並不是要感動他或以親情給他施加壓力，而是已經下了最痛苦的決心。爲了司馬世家夢寐以求的雄圖霸業，司馬瑜已經做好犧牲這個弟弟的心理準備，如果他選擇做任天翔，司馬瑜將不會再對他有絲毫手軟。今晚這頓酒，有可能就是他的送行酒。

任天翔木然望向虛空，神情平靜如常，心中卻猶如海波洶湧翻滾，是做任天翔還是做司馬亮，這對他來說是個最爲艱難的抉擇。

選擇

第六章

望著神情冷峻的司馬瑜，

任天翔突然有種想哭的衝動，他開始有點理解司馬瑜的處境。

他背負的是司馬世家歷代祖先的寄託和希望，他早已經是無路可退，

明知道前途渺茫，也不得不以自己最大的努力，妄圖去逆轉天意。

天色漸亮，帳外傳來早起的鳥兒清脆的晨曲。一夜未眠的任天翔放開因盤膝打坐而麻木的雙腿，慢慢來到帳外，卻突然發現一個瘦削的背影迎著霞光立在晨風中，一夜的露水濡濕了他的青衫，使他的背影少了幾分飄逸，多了些瘦弱和落拓。

任天翔慢慢來到他身旁，隨著他的目光望去，但見遠方朝陽正徐徐升起，漸漸驅散了清晨的薄霧，給天地帶來了勃勃的生機。就聽他低聲讚道：

「日出東山，是一日裏最輝煌的時候，只可惜這樣的景象普通人根本不曾留意。」

任天翔讚許地點點頭：「這樣的景象，我是生平第一次見到，看到它，我才發覺自己的渺小和天地的恢弘，在日月山川面前，人力是多麼的微不足道。」

二人默默望著朝陽緩緩從山巒之後緩緩升起，將天地染成了富麗堂皇的金色，直到它徹底躍上山巒之巔，任天翔才回頭問：「一夜沒睡？」

司馬瑜沒有回頭，只淡淡回道：「你不也一樣。」

任天翔張了張嘴，卻又欲言又止。司馬瑜心中雖已猜到答案，但還是抱著最後一絲希望低聲問：「你想好了？」

任天翔點點頭，遙望遠方忙碌的兵卒，喟然輕嘆道：「謝謝你告訴我身世，讓我知道自己是司馬世家弟子，是你分別二十多年的弟弟司馬亮。我很高興有你這樣一位聰明絕頂的哥哥，任何一個人都會為有你這樣一個聰明絕頂的哥哥而感到驕傲。」

任天翔停了下來，像是在斟酌心中的話，他指向那輪已經升上天空的太陽，輕嘆道：「但是人力終有窮盡，無論是多麼強大的人，也無法違反這不可抗拒的天道。誰也無法阻止太陽從東方升起，也無法改變歷史的走向。人終究是人，任何逆天的決心和舉動，在天意面前都將變得十分可笑，甚至是可悲。」

轉頭望向司馬瑜，任天翔突然以異樣的聲音輕聲道：「收手吧，大哥，一個高明的棋手不必堅持走到最後一步，就該看到最後的結局，這是一個棋手起碼的自尊和操守。」

司馬瑜淡淡問：「你認為我敗定了？」

任天翔頷首道：「從你鼓動安祿山叛亂那一刻，就已經敗定了。你看不到，是因為你忽視了最大的天意。」

司馬瑜望向任天翔，有些意外地問：「最大的天意？願聞其詳。」

任天翔沉聲道：「你只看到李隆基迷戀美色，奸相弄權誤國，朝廷上下奢靡腐敗，便以為有機可乘，卻沒有看到百姓倉稟充實，人人安居樂業，還沒有到民不聊生、不得不揭竿而起的地步。所以任何破壞和平、挑起戰爭的行為，都是違背民意的逆天之舉。民意即天意，任何一個逆天而行者，最終都將以失敗收場。」

略頓了頓，任天翔繼續道：「你勉強發動戰爭，就算一時佔領了長安又如何？民心不在你這邊，你一切努力最終都是徒勞。這也正是安史叛軍在軍力最鼎盛的時候也無法消滅大唐的原因，何況現在安祿山、史思明兩大梟雄已死，憑史朝義那點微末道行，有何本事指揮那些桀驁不馴的范陽悍將？又有什麼機會與大唐爭奪天下？你若再執迷不悟，繼續與李泌、郭子儀、李光弼等名臣良將糾纏下去，爲史朝義陪葬事小，恐怕還會落得個沒有棋品，讓天下人恥笑的地步。」

司馬瑜對任天翔描述的前景並沒有一絲失落，卻目光炯炯地盯著任天翔道：

「你說得不錯，我這一局已經敗了，再沒有挽回的餘地。但是大唐王朝也沒有贏，它給後來者留下了無數的機會和漏洞。」

見任天翔有些不解，司馬瑜第一次露出意氣風發的神態，抬手往虛空一劃：

「大唐爲了平定叛亂，不得不依仗各地節度使，任由他們擴軍訓練。爲了籠絡他們，甚至將各地軍政、稅賦大權也交給了他們，使他們成爲割據一方的獨立軍事集團。隨著地位的提高，他們的私心和權欲會膨脹，他們最終會成爲大唐的掘墓人。」

任天翔心神微震，他曾在李泌口中聽到過類似的預測，這世上最聰明的兩個人，對大唐節度使有著驚人一致的看法。只不過李泌是想著如何限制節度使的權力膨脹，以彌補因戰亂造成的弊端，而司馬瑜則是在盤算如何利用這個弊端。

司馬瑜以殷切的目光望著任天翔，肅然道：「我已經做了我能做的一切，接下來的事，應該由你來完成。以你現在所擁有的名望和實力，加上我的暗中協助，未嘗不能與李唐王朝一爭天下。司馬世家數百年來的希望，也許正是要落到你的身上。」

如果是在過去，任天翔一定會爲這樣一種前景激發出雄心壯志，但是在經歷了戰亂，尤其是像睢陽那樣慘烈的戰禍之後，他早已對戰爭生出了深深的倦意，甚至是一種發自內心深處的厭惡和恐懼。

面對司馬瑜滿含希冀的目光，他輕輕嘆道：「恐怕我要令你失望了。」

司馬瑜沉聲問：「你不相信我的話？不相信自己應該姓司馬？」

任天翔搖了搖頭：「我相信你說的每一個字，我也不懷疑你對我這個弟弟的真誠和關愛。但就算是這樣，我也不想、不忍、不敢爲了一己之私，讓千百萬人爲我流血送命，令天下百姓因爲我的原因而流離失所，甚至爲親人和朋友帶來滅頂之災。」

司馬瑜的臉色陰了下來，他淡淡問：「你不怕現在就爲你的朋友帶來滅頂之災？」

任天翔坦然望向司馬瑜，不以爲意地淡淡道：

「你是我的哥哥，我不忍心騙你，哪怕是要爲說實話而送命。我的朋友都是墨者，從他們選擇做一個墨者那天起，就已經做好了爲墨者的使命而送命的準備。如果我們一定要爲自己的選擇送命，我只有一個請求，就是跟他們死在一起。」

司馬瑜嘴角的肌肉在微微抽搐，極度的失望和傷心，讓一向冷酷如冰的他，也難以控制心中的感情。他不敢再看任天翔一眼，只望著天際那變幻莫測的雲彩幽幽嘆道：「爺爺實在不該將你送到義安堂，墨家的邪說不知有什麼蠱惑人心的力量，竟然令你中毒如此之深。」

任天翔沒有直接回答，只是指天、指地，然後以拳擊胸，以異常平靜的口吻道：「墨者的追求其實非常簡單，就是要做這天地間的良心。」

望著臉上煥發著一種異樣神采的任天翔，司馬瑜第一次感到心中有種深深的震撼。看到任天翔眼中那種坦然的微光，司馬瑜知道自己已經失去了這個弟弟，司馬世家也徹底失去了這個孩子。他的眼眶微微泛紅，怕任天翔看出他心中的軟弱，他趕緊別開頭，啞著嗓子淡淡問：「你……還有什麼未了的心願？」

任天翔遲疑道：「能不能告訴我，我的親生父母是什麼樣的人？他們在哪裡？」

司馬瑜輕輕嘆道：「他們過世得早，是爲司馬世家的夢想而犧牲。你是他們的血脈傳承，如果他們知道你竟然背叛了司馬世家，九泉之下恐怕都不會原諒你。」

任天翔澀然一笑：「既然他們從小就將我送走，他們在我心中就只是一個模糊的概念。我的母親是司馬蓉，我的父親是任重遠，即使我不是他們的親生兒子，他們在我心中的地位，依然要比只生我而沒有養我的親生父母重要。既然他們是因司馬世家的妄想而早死，我真不希望你也步他們的後塵。」

司馬瑜輕輕哼了一聲，淡淡問：「你還有什麼話？」

任天翔望向天邊，眼中閃過一絲愧疚和難過，默然良久方澀聲道：

「如果你再見到小薇，請轉告她，就說我這輩子對不起她，希望下輩子可以補償，讓她今生忘了我吧。」

司馬瑜默默點了點頭，緩緩轉身往回走，任天翔見他背影從未有過的疲憊和佝僂，心中突然有種莫名的心痛和同情，忍不住低聲道：

「大哥，沒有我的幫助，又失去了史思明這個靠山，你一切努力都將是徒勞。收手吧，難道你一定要走到最後一步，讓天下人恥笑？」

「收手？」司馬瑜苦澀一笑，淡淡道，「我從小就立志爲復興家族的榮耀而奮鬥，爲了這個夢想，從我懂事開始，就接受了最爲嚴苛的訓練和培養，一生不敢稍有鬆懈。這是傳自祖先的靈魂和烙印，已經根植於我的血脈乃至生命中，除非我死，否則決不會放棄。」

望著神情冷峻的司馬瑜，任天翔突然有種想哭的衝動，他開始有點理解司馬瑜的處境。他背負的是司馬世家歷代祖先的寄託和希望，他早已經是無路可退，明知道前途渺茫，也不得不以自己最大的努力，妄圖去逆轉天意。

「那就是關押義門奸細的大帳，」司馬瑜指向前方一座守衛森嚴的營帳，平靜如常地淡淡道，「史朝義已將史思明的死嫁禍於義門弟子，他要在最短的時間內將你們全部處決，以安各路叛軍之心。」

任天翔淡淡問：「這也是你的決定吧？」

司馬瑜坦然點了點頭：「不錯，爲了幫他坐穩大燕國皇帝之位，必須以霹靂手段清除異己。我不僅讓他儘快殺掉刺殺先帝的義門奸細，還讓他派人回范陽，取他弟弟史朝清的性命。要想做非常之人，就必須行非常之事，這是每一個亂世梟雄不得不接受的命運。」

任天翔心知司馬瑜說的是史朝義和史朝清，其實也是在說他和自己。看來他已經下定決心，不再給自己阻撓他的機會。兄弟之情在帝王之夢面前，終是微不足惜。

司馬瑜親自將任天翔送到帳中，但見幾名倖存的義門墨士——杜剛、任俠、雷漫天、木之舟、楊清風，以及褚剛、小川流雲等七人，均被鐐銬鎖在地上，他們看起來似乎沒吃什麼苦頭，不過卻已被司馬瑜以家傳的金針刺穴之術閉住了經脈，無法提起丹田之氣，因此已與常人無異。

在司馬瑜示意下，幾名守衛的兵卒，將任天翔也戴上枷鎖鐐銬，與義門眾人押在一起。

司馬瑜目光從眾人臉上徐徐掃過，就見眾人眼中沒有一絲畏懼，只有說不出的安詳和坦然。他的目光最後落在小川流雲臉上，輕輕嘆道：

「小川君，你並非唐人，因適逢其會才無奈捲入這場跟你完全不相干的戰亂。我一直視你為友，只要你說聲從今往後跟義門再無瓜葛，我可以放了你。」

小川淡淡笑道：「我很高興能做司馬公子的朋友，不過，朋友之情怎比得上天下之義？再說我現在已經是義門弟子，終我一生都不會背叛義門。」

司馬瑜有些失望地搖搖頭，望向一旁的褚剛，然後對看守的兵卒微一頷首：「放開他。」

兵卒解開褚剛身上的枷鎖，褚剛慢慢站起身來，就聽司馬瑜淡淡道：「你的使命已經完成，可以不必再做義門弟子了。」

褚剛點點頭，對司馬瑜緩緩拜了下去。眾人十分意外，脾氣火爆的雷漫天失聲喝道：

「老褚你在做什麼？難道是我看錯了你？竟然向這小子屈膝投降？」

褚剛沒有理會雷漫天的質問，只對司馬瑜沉聲拜道：「弟子褚剛，拜見少主。」

司馬瑜以主子對奴才的口吻淡淡道：「這些年，你辛苦了，起來吧。」

褚剛緩緩站起身來，神情肅穆地對義門眾人團團一拜，沉聲道：「在下並非義門叛徒，而是千門弟子。數年前受主上指派，以江湖流浪漢的身分潛伏於任公子身邊，是肩負著秘密的使命。今日使命完成，褚剛終於可以以真實身分面對眾位兄弟。」

眾人面面相覷，皆感到不可思議。只有任天翔瞬間恍然大悟，以前許多想不明白之處，剎那間都有了合理的解釋。難怪自己遇到褚氏兄弟之後，許多事都變得一帆風順，遇到危險也都能在褚氏兄弟幫助下一一化解，原以為是因為他們兩兄弟能幹，卻一直想不通這麼能幹的兩個人，怎麼會淪落到街頭賣藝的地步？原來他們兄弟是司馬世家安插到自己身邊的棋子，難怪司馬瑜對自己過去的行動幾乎瞭若指掌。

不過，任天翔很快又生出新的疑惑，如果褚剛是千門弟子，那這次打入史朝義身邊的行動，他為何沒有通知司馬瑜，要是司馬瑜知道一點消息，史思明豈會被兒子所殺？

任天翔正百思不得其解，雷漫天已破口大罵起來：「呸！誰他媽是你兄弟？你這個兩面三刀的陰險傢伙，居然在我們身邊潛伏了這麼久，竟把咱們都給騙了！」

「用間本就是千門所長，這有什麼值得雷兄憤怒？」司馬瑜一聲嗤笑，然後若有所思地轉向褚剛，淡淡問，「只是我不明白，為何你送出的情報有價值的越來越少？像這次針對史氏父子的行動，為何我竟沒有收到你任何一點消息？」

褚剛對司馬瑜再次拜倒，沉聲道：

「少主在上，弟子受命潛伏於任公子身邊，原本是恪盡職守，為千門盡忠盡責。但弟子在瞭解義門和任公子所作所為、尤其是在經歷了睢陽的噩夢之後，弟子的心態已經發生了根本的變化。已經死了太多的人，流了太多的血，戰亂不能再繼續下去了，所以弟子決定要幫義門、幫大唐早一天結束戰亂。弟子雖然是混入義門的千門奸細，但現在，我卻寧可做一個普通的墨者。我與這些義門兄弟出生入死多年，也不願在這個時候離開他們而獨活，請恕弟子背叛了千門，就讓弟子依舊以墨者的身分一死謝罪吧。」

帳中徹底靜了下來，眾人皆望向司馬瑜，就見司馬瑜嘴角微微抽搐，神情從未有過的沮喪。連千門弟子都受到義門之義的感召而背叛，怎不讓他感到失落和絕望。

褚剛轉向任天翔拜倒，愧然道：「不知鉅子能否接受一個曾經心懷叵測的奸細？他當初加入義門根本就別有用心，但是現在，他卻是真心要做一個真正的墨者。」

任天翔心中終於釋然，難怪睢陽保衛戰、百家論道大會，以及現在這次行動中，司馬瑜沒有再收到褚剛任何有用的情報，原來他已經從精神上背叛了他的出身。

任天翔欣慰地點點頭：「你已經用行動證明了自己，完全無愧於一個墨者的身分。」

得到任天翔的認可，褚剛欣然一笑，回頭對司馬瑜一拜：「弟子褚剛，從今往後與千門再無瓜葛，請少主轉覆主上，就說弟子辜負了主上信任和重託，唯有與義門兄弟共求一死，以贖背叛之罪。」

司馬瑜既不解又氣憤地打量著褚剛，厲聲質問：

「你與琴、棋、書、畫等人，原本是賤如野草的孤兒，是我爺爺將你們收留養大，傳你們各種技藝和武功，這世上有什麼能大過養育之恩？義門給了你什麼？讓你不惜背叛悉心栽培你的舊主，甚至不惜陪他們送命？」

褚剛想了想，正色道：「尊嚴，義門給了我從未有過的尊嚴。主上雖然養育了我，但是我在他眼裏永遠都是個奴才，在司馬家我身分卑賤，唯有在義門中，我才找到了從未有過的自信和尊嚴。」說著，他緩緩望向任天翔和義門眾人，「在義門中沒有主人和奴才，只有朋友和兄弟。少主問義門給了我什麼，我現在可以告訴你，是平等和尊重。這種平等和尊重對出身高貴的少主來說或許不算什麼，但是對一個出身卑賤、從小就被主人呼來喚去的家奴來說，卻是重逾泰山，所以它值得我以性命相報。」

褚剛說著，示意兵卒重新給自己戴上鐐銬，然後回到義門眾人中間，對司馬瑜淡淡道：「司馬家那個卑賤的家奴早已經死了，現在我是義門弟子，並願爲這個身分付出生命的代價。」

司馬瑜滿臉鐵青，恨恨地盯著褚剛愣了半晌，最終冷哼道：「好！我成全你！」

望著司馬瑜悻悻而去的背影，雷漫天不禁抬手扇了自己一個嘴巴，對褚剛道：「好兄弟，老雷沒有看錯你，方才哥哥罵錯了你，現在自扇嘴巴給兄弟賠罪！」

眾人哄然大笑，方才的誤會轉眼煙消雲散。

杜剛想起一事，忙問任天翔：「昨日司馬瑜將你單獨關押，對你說了些什麼？」

見眾人都在望著自己，任天翔若無其事地笑道：「司馬瑜要我率義門投降，我拒絕了。」

眾人明顯鬆了口氣，任俠有些不好意思地笑道：「果然不愧是咱們的鉅子，沒有辜負我當初選你的那一支竹籤，我還怕……嘿嘿……」

「你怕我受不住威逼利誘，給義門抹黑丟臉？」任天翔笑問。

任俠不好意思地低下頭，愧然道：「我倒不擔心公子在威脅面前屈服，什麼樣的威脅能與睢陽的殘酷相提並論？不過，司馬瑜畢竟是小薇姑娘的親哥哥，我怕他以小薇姑娘來打動公子。如果說這世上還有誰能令公子放下一切，恐怕就只有小薇姑娘了。」

聽任俠提到小薇，任天翔心中一痛，怔怔地說不出話來。

杜剛見狀，忙踢了任俠一腳，罵道：「還在叫小薇姑娘，那是你叫的嗎？小薇已經嫁給了公子，咱們早該改口叫弟妹了。」

見杜剛連使眼色，任俠突然醒悟，連忙道：「對對對，是我糊塗，以後我得叫一聲嫂子，再不敢沒大沒小。」

見任俠急欲岔開話題，免得自己想起小薇而難過，任天翔不禁嘆道：

「我跟小薇雖然在睢陽已結為夫妻，但那是在上無父母之命，下無媒妁之言的特殊情況下，我不能讓小薇就這麼糊裏糊塗嫁給了我。我要稟明母親，重新跟小薇再舉行一次婚禮，到那時你再改口叫嫂子不遲。」

說到這，任天翔突然意識到自己恐怕已經沒有將來，與小薇重新舉行大婚的願望恐怕永遠不能實現，他心中一痛，突然有種放聲痛哭的衝動。眾人見他神情悲戚，想要相勸，卻又不知從何開解。

帳簾撩起，辛乙低頭鑽入帳中，這個曾經像狼一樣凶狠的契丹少年，經過幾年戰亂的磨礪，此刻已變得像沉穩冷靜的虎一樣成熟。

就見他眼眶紅紅地對鎖在地上的眾人掃了一眼，怨毒地對眾人道：「我大哥死在你們手裏，有你們爲他陪葬，我非常開心。我還怕軍師一時糊塗，再次放過你們，沒想到任公子還真有志氣，我以前還真是小看了你。」

辛乙說著一拍手，立刻有幾個負責飲食的兵卒送來酒菜，滿滿地擺了一地。辛乙指著地上的酒菜陰陰笑道：「吃吧，吃完這最後一頓，你們將在三軍陣前梟首示眾。我將親自操刀，以告慰我大哥在天之靈。」

任天翔目光從眾人臉上一一掃過，但見眾人神情坦然，沒有任何一絲畏縮或恐懼，他的目光最後落到一個身材略小的墨士身上，有些抱歉地道：

「小川君，你本不是唐人，爲了我們這些不相干的人捲入這場戰亂，並因之而送命，這實在是令人惋惜。」

小川流雲不以爲意地笑道：「公子言重了，我雖不是唐人，但已是個墨者，墨者的精神並不因國籍的不同而有異，作爲一個墨者，能爲自己的理想而死，那是死得其所，了無遺憾！」

任天翔見小川也這般灑脫，忍不住呵呵笑道：「既然如此，咱們何不痛痛快快暢飲一頓，就算到了九泉之下，也依然要做一個維護陰間公平公正的墨鬼！」

「對！咱們就算做鬼，也要做一個墨鬼！」眾人掙扎著端起地上的酒罈，旁若無人地豪邁暢飲。

辛乙見過了太多被處決的犯人，但像義門眾人這樣的還從未見過，他不禁疑惑地打量著眾人，希望從他們眼中找到一絲面對死亡之時的恐懼和畏縮，但是他最終失望了，他不禁悻悻地啐了一口，恨恨罵道：「原來義門中人，都他媽是些不可理喻的瘋子。」

見不得仇人臨死前還這般逍遙快樂，辛乙悻悻地退了出去，臨去前叮囑幾個兵卒道：「他們要喝酒吃肉儘管上，也算是些漢子，就讓他們做個飽死鬼吧。」

幾個兵卒連聲答應，將酒肉陸續送了進來，眾人不多一會兒便酒足飯飽，任天翔醉態可掬地端起酒碗，對伺候自己吃喝的兵卒道：「來來來，大家這輩子能夠認識，也算是有緣，我借花獻佛，敬幾位大哥一杯。」

幾個兵卒見幾個人喝得痛快，早就有些眼饞，便爭先恐後與任天翔乾杯。任天翔一連乾了數碗，漸漸感到酒意上頭，迷迷糊糊中，突聽有個熟悉的聲音在耳邊低聲斥道：「死到臨頭還有心喝酒，就不怕會喝死你？」

任天翔一怔，正待尋找說話之人，就見幾個兵卒陸續摔倒在地，只有一個負責給大家倒酒的瘦弱小兵，依然鎮定地立在原地。

任天翔正待細看，就見他已手腳俐落地打開了眾人身上的鐐銬和枷鎖，然後指著地上昏迷不醒的幾個小兵對眾人喝道：「快剝下他們的衣衫換上！」

幾個人恍然大悟，急忙剝下幾個小兵的衣衫頭盔，然後換下各自的衣褲，戴上頭盔纓帽，眾人轉眼間就變成了不起眼的伙頭兵，若不細看，還真不容易分辨出來。

無需那小兵吩咐，眾人將自己的衣衫給那幾個昏倒的小兵換上，依舊用枷鎖鐐銬鎖在地上，並將他們的頭髮披散下來遮住面容，最後將喝剩的酒水潑到他們身上，打扮成徹底醉倒的模樣。

那小兵見眾人收拾停當，這才壓著嗓子低聲吩咐：「鎮定點，跟我走！」

眾人跟在那小兵身後，抬著酒罈碗盞來到帳外，帳外雖有兵卒守衛，卻沒有多看他們一眼。領頭的小校只問了一句：「裏面怎麼沒聲了？」

「快喝死了！」那小兵捏著嗓子嘟囔了一句，「好幾十斤酒，全喝光了。」

領頭的小校撩起帳簾探頭看了看，立刻就捏著鼻子縮了回來，罵道：「這幫不知死活的傢伙，臨上刑場還喝得爛醉如泥，待會兒豈不是要咱們抬他們出去？呸！」

幾個人沒敢多耽誤，胡亂應了一句便往外走，剛走出沒幾步，突聽身後傳來一個冷峭的輕喝：「等等！」

是辛乙的聲音，也是任天翔他們最不願聽到的聲音。眾人都僵在當場，雖然他們已經除掉了枷鎖鐐銬，但昨日為了防止他們逃脫或反抗，司馬瑜已用家族秘傳的金針刺穴之術閉住了他們的穴道，在十二個時辰內，他們身上有幾處關鍵的經脈不通，無法提起丹田之氣，所以即便只是辛乙一人，也足夠將他們全部活捉。

眾人心下正自忐忑，就聽辛乙在問：「誰讓你們將酒菜撤走的？」

領頭的小兵忙道：「犯人都喝醉了，所以小人才……」

「犯人喝醉了，難道你們也喝醉了？」辛乙沉聲喝問。原來他是看到幾個人步履蹣跚，心中生疑，所以喝問。

就聽那小兵答道：「回大人話，我這幾個兄弟連年征戰，身上或多或少都有點傷，最近為攻陝郡勞役繁重舊傷復發，讓大人見笑了。」

聽說是因連年征戰落下的舊傷，辛乙心中生出一絲同情，沒有再盤問，揮手讓眾人離去。

待眾人走後，他心中卻始終有一絲難以言訴的疑惑，連忙返身鑽入關押犯人的帳篷，見眾人依舊被鎖在地上，七歪八倒爛醉如泥，他心中稍稍鬆了口氣。正待暗笑自己多疑，卻突然發現「任天翔」模樣有異，他忙上前撩開其髮，這才發現眼看的「任天翔」早已被人掉包。

「來人！犯人逃了，快追！」辛乙一聲高呼，拔刀追了出去。

隨著他的高喊，幾個軍中高手立刻應聲而至，緊隨他之後，向方才任天翔逃離的方向追了過去，卻沒有發現方才那幾個兵卒的身影。辛乙一面令人飛報司馬瑜，一面讓人分散搜索，不放過任何一座營帳。他知道以義門眾人現在的狀態，決計逃不了多遠。

誰知那小兵並沒有帶著任天翔等人匆匆而逃，卻領著眾人先藏身於馬廄，待避開辛乙的追蹤後，這才從馬廄中拿出早已準備好的幾套甲胄。眾人換下伙頭兵的衣衫，搖身一變成了一隊巡邏的兵卒，趁著四周搜查那幾個伙頭兵的混亂功夫，雜在搜查的隊伍中往外就走。

那小兵對軍營中的情形十分熟悉，而且隨身還備有不同的令符和腰牌，幾次遇到盤查都巧妙地矇混過去，沒多久就闖過道道關卡，從戒備森嚴的軍營中安然逃脫。

眾人來到遠離叛軍大營的曠野，便都不約而同地落在後面，故意讓任天翔與那小兵走在一起。任俠還擠眉弄眼地向任天翔使眼色，示意任大翔快追上去。眼看那小兵越走越快，任天翔再不顧眾人曖昧的目光，忙追上去拉著他的手道：

「這次可真是多虧了你，不然咱們全都……以前是我錯怪了你，現在鄭重向你道歉。」

那小兵一把甩開任天翔的手，啞著嗓子道：「公子別自作多情，我可不是涎著臉要救你，我只是報答杜大哥他們的救命之恩，跟你沒半點關係。」

「我知道我知道。」任天翔連忙陪笑道，「你冒險潛入軍營，原來只是爲了救杜大哥他們，我最多算是你順手牽出來的那隻羊。雖然你無心救我，不過我依然要好好感謝你，從今往後我可就跟定了你，你打我也罷罵我也罷，我都決不再離開你，就算你有天想殺了我吃肉，我也決不外逃。」

那小兵原本板著臉孔，聽到這話終於莞爾失笑，忍不住狠狠掐了任天翔一把，罵道：「油嘴滑舌的東西，誰稀罕你這一身臭肉？」

任天翔「哎喲」一聲痛叫，就勢將那小兵攬入懷中，那小兵連忙掙脫任天翔的擁抱，紅著臉望向義門眾士。杜剛等人見狀，連忙忍著笑將頭轉開，故意指向一旁道：「那邊風景好像不錯，咱們過去看看。」

眾人心領神會，便都隨杜剛走開幾步，將任天翔與那小兵留在了原地。

任天翔促狹地笑道：「現在沒人了，可以讓我摸摸你是瘦了還是胖了吧？」

那小兵略作推拒，終於還是任由他摟在懷中，卻又心有不甘地在他肩頭上狠狠咬了一口，罵道：「你以後要再敢冤枉我，就永遠都別想再見到我！」

「不敢了！不敢了！」任天翔連忙討饒，「以後娘子的話永遠正確，就算錯了，我也必須絕對聽從，決不許有半點推諉和藉口。」

「誰是你娘子了？」那小兵臉色似乎一下子紅了起來。雖然她以金針刺穴之法改變過容貌，但在任天翔看來，依然是那樣美麗動人，不由看得癡了。這小兵原來是小薇假扮，雖然與原來的容貌有些差別，卻還是被任天翔認了出來。

二人冰釋前嫌，久別重逢的喜悅自不必細表。任天翔問起小薇上次不告而別後的去向，才知她因被兄長利用，最終給唐軍造成了難以挽回的損失，所以她暗下決心，一定要反過來幫任天翔和唐軍一回，以求公正和心安。

她改變容貌潛入叛軍之中，卻又不忍心破壞兄長大計，所以一直隱忍未動，直到任天翔和義門眾人被抓，她才終於有了機會。她仿製了幾塊通行軍營的令符和腰牌，然後混入伙夫中，最終以蒙汗藥迷倒看守的兵卒，總算在緊要關頭救了眾人一回。

聽她說得輕描淡寫，任天翔卻聽得驚心動魄。他不禁心痛地握住她的小手，低聲道：「以後不可再這樣冒險，萬一要是被人認了出來，恐怕……」

二人正在竊竊私語，突見任俠急急忙忙地過來，打斷二人道：「有人追來了！咱們還是快些走吧！」

任天翔順著任俠所指望去，就見軍營方向有塵土瀰漫，顯然有騎兵正在調動。他心知眾人靠著小薇的腰牌雖然僥倖逃出敵營，但以司馬瑜之智，肯定很快就能查到眾人去向，一旦發動騎兵追擊，眾人只怕跑不了多遠。

他略一沉吟，向陝郡方向一指：「向季叔發信號，要他派兵來援。」

任天翔與季如風有約定，只要激反了史朝義，令叛軍內部發生內訌，即燃起篝火向他發信，讓陝郡的守軍反守為攻，趁叛軍內亂之際打它個措手不及。

不過任俠卻有些猶豫道：「要是咱們燃起篝火，不也暴露了我們的位置，給叛軍指明了方向？現在大夥兒經脈尚未通暢，一旦被叛軍追上，恐怕無力保護公子。」

任天翔在心中略作權衡，沉吟道：「咱們若不儘快通知季叔反攻，恐怕遲早也會被叛軍發現蹤跡，與其束手就擒，不如放手一搏。」

見任天翔心意已決，任俠也就不再猶豫，立刻與眾人找來枯枝柴禾，在高處分成三堆點燃，然後蓋上浮土製造出濃煙。但見濃密的白煙沖天而起，相信在陝郡城頭的守軍也必定能看到。

眾人做完這一切，立刻撤離現場，往陝郡方向奪路而逃。

走出不到數里，就聽身後馬蹄聲急，追兵已旋風般追來，領頭的正是辛乙，與之同來的還有大般、淨風等摩門高手。辛乙是要爲兄長辛丑報仇，摩門高手則是因大教長身負重傷命垂一線，而將義門眾人視爲不共戴天之敵，欲除之而後快。

眼看就要被追上，就聽陝郡方向馬蹄聲急，一小隊快騎已經迎了上來。領頭的正是義安堂新一任堂主季如風，與他同來的，還有以肖敬天爲首的儒門劍士。

就見肖敬天縱馬直奔到任天翔面前，以公事公辦的口吻道：「是門主令肖某率門人暗中接應公子，若非有門主之令，肖某倒是很樂意看著公子被人獵殺當場。」

任天翔心知肖敬天口中的門主便是李泌，沒想到自己不想與儒門共事，最終卻受了儒門眾劍士的恩惠，倒讓人有些哭笑不得。

他知道李泌令儒門劍士接應自己，除了是因爲對這次行動的重視，也是想彌合義門與儒門之間的矛盾和裂痕。李泌卻不知道，義門與儒門之間的衝突，不是個人恩怨或門派利益，而是價值觀的衝突，根本就不可調和。

儒門劍士雖然對任天翔心有不滿，但對李泌之令倒是不折不扣地執行。就見幾名劍士迎上辛乙和摩門眾高手，爲義門眾人擋住了追兵。有他們出手，辛乙等人再難衝破他們的阻攔，而此刻陝郡城門洞開，大隊人馬已在衛伯玉率領下開關而出。他們已收到任天翔發出的信號，知道叛軍內部生變，因此主力盡出，要給叛軍致命一擊。

辛乙見討不到便宜，只得率眾人鎩羽而回，唐軍在衛伯玉率領下一路追殺，直襲叛軍大營。史思明被殺的消息已在叛軍中傳遍，面對氣勢洶洶的唐軍主力，叛軍無心迎戰，紛紛奪路而逃，陝郡之圍終於得解，叛軍也無力再威脅潼關和長安了。

任天翔與季如風並肩而立，遙望叛軍的旗幟紛紛後退，二人都十分欣慰。

任天翔側目打量著對方，但見這個義門智者兩鬢已有些斑白，可見義安堂堂主的職責並不輕鬆。而他也在打量著任天翔，神情有些激動地喃喃道：「公子終於成熟了，沒有辜負老堂主的希望。老堂主在天有靈，一定會爲有你這樣一個兒子感到驕傲。」

任天翔神情有些尷尬，吶吶道：「季叔，有件事我覺得應該告訴你。」

「什麼事？」季如風忙問。

任天翔猶豫了片刻，這才低聲道：「其實……我並不是任重遠的兒子……」

季如風似乎並沒有感到意外，只淡淡笑道：「我知道。」

「你知道？」任天翔吃了一驚，失聲問，「你怎麼會知道？」

家世

第七章

這聲「亮兒」叫得情真意切，令任天翔不禁想起了自己本來的名字——司馬亮，與兄長司馬瑜的名字均是取自「一時瑜亮」之意，可見司馬承祥對這兩個孫子的殷切期望。

任天翔默然良久，最終卻澀聲問：「我要不答應呢？」

季如風神秘一笑，低聲道：「你不要低估了義門的偵緝能力，從你進入義安堂那天起，我就在暗中調查你的身世。我找到了當年為你母親接生的穩婆，據她回憶，當年她接生的是個女孩，後來不知為什麼就變成了男孩。」

任天翔呆呆地愣了半晌，澀聲問：「你知道我不是任重遠的親生兒子，為何卻沒有揭穿？」

季如風微微嘆道：「老堂主對你母親一片癡情，你母親卻對他諸般算計，我不想讓他知道就連你這個兒子也是假的，所以我將這個發現隱瞞了下來，義安堂中，除了我，再沒有人知道這個秘密。」

任天翔皺眉問：「僅僅是因為這個原因？」

季如風知道瞞不過任天翔的銳眼，只得實話實說：

「當然還有另外一個特殊的原因，就是我發現你在孩提時，已表現出遠超常人的觀察和判斷能力，尤其是那種遠勝常人的目力，令人嘆為神奇。有這種天賦的人萬中無一，我也是起了愛才之念，所以才將你當成老堂主的兒子來培養。」

任天翔還是有些不信，追問道：「你就不怕我將來知道自己身世後背叛義門？」

季如風淡淡笑道：「義門祖師墨翟一生無子，可並不妨礙他的思想和學說流傳千古。

有些東西是完全可以超越血脈親情，在不同出身和階層的人中間延續和傳遞，比如良知和大義。」

說到這，季如風微微一頓，略顯歉然道，「當然，我也一直在對你進行考察，你但凡有一分不盡人意之處，就決計沒有機會成爲義門鉅子。」

任天翔又是一怔，不解地問：「你又不在我身邊，怎麼對我進行考察？」

季如風詭秘一笑，向遠處招了招手，就見一個少年立刻縱馬過來，老遠就在對任天翔拱手拜道：「弟子參見鉅子。」

任天翔見那少年依稀有些面熟，卻又想不起在哪裡見過，直到那少年露出熟悉的微笑，他才終於認出對方，不禁失聲輕呼：「小澤？你是小澤？」

少年調皮一笑，拱手拜道：「小澤好久不見公子，差點讓你認不出來了。」

任天翔呆呆地說不出話來，幾年不見，當初那個半大的孩子，已變成了一個翩翩少年，差點讓他不敢相認。他目瞪口呆地打量著這個既熟悉又陌生的少年，不禁失聲問：「你……你是義門弟子？是季叔令你潛伏到我身邊？」

「小澤是我悄悄收下的弟子，」季如風解釋道，「我既然有心培養和考察你，怎麼會放心讓你一個人去往義安堂勢力鞭長莫及的地方？所以在你離開長安的第二天，我就讓小澤帶人先一步趕到龜茲，找機會贏得你的信任，然後追隨你左右，一方面暗中保護，另一方面也對你進行觀察和考察。我以前就告訴過你，墨家鉅子都有一個考察期，由上一任鉅子秘密指派的執事長老暗中進行，我就是這個執事長老。現在我將向所有義門弟子宣布，你的考察期已經結束，從今往後，你就是義門正式的鉅子。」

任天翔記起自己初任鉅子之時，季如風就說過鉅子的考察期，原本以為那不過是一個形式，卻沒想到這考察從龜茲就已經開始。回想自己過去經歷，任天翔額上冷汗涔涔而下，身邊潛伏了義門、千門兩大隱秘門派的眼線而不自知，實在是笨到家了。

現在他才知道江湖之水浩瀚如海，誰敢聲稱徹底看透？若非自己待小澤和褚剛情若兄弟，他們只要有一個對自己不利，恐怕早就沒有今日的任天翔，回想這些年來的種種經歷，任天翔心中不禁生出一種如履薄冰的驚險和戰慄。

勉強笑了笑，任天翔澀聲問：「現在我身邊，還有沒有季叔安排的眼線？」

季如風忙道：「鉅子你考察期結束，我若再安排弟子監視鉅子，那就是以下犯上，屬下萬萬不敢。」

任天翔稍稍放下心來，擺手笑道：「我就順便一問，季叔不必緊張。」

這時就見陝郡守將衛伯玉率大軍凱旋而回，看到季如風和任天翔，他急忙縱馬上前，呵呵笑道：「季先生果然料事如神，叛軍不戰而退，根本無心戀戰，被咱們一番追殺，已丟下無數輜重退往洛陽。」

季如風淡淡道：「衛將軍若是放手追擊，也許一舉收復洛陽也不是難事。」

衛伯玉一怔，遲疑道：「那除非是史思明突然暴斃，不然就我這點兵力，哪敢進攻洛陽？」

季如風丟下滿臉疑惑的衛伯玉，轉向任天翔問道：「公子下一步有什麼打算？」

任天翔沉吟道：「史思明這老賊一死，叛軍再不足懼。想必李光弼已率大軍從潼關出發，收服洛陽、消滅史朝義這股殘敵只在早晚。義門的使命已經完成，」說到這，任天翔望向一旁的小薇，眼中泛起從未有過的溫情，「我想帶小薇去見母親，待徵得母親的同意後，可以為她補辦一個風風光光的婚禮。」

季如風嘴邊泛起一絲會心的微笑，頷首道：「那你放心去吧，這裏就交給我來主持。」

與季如風分手作別，任天翔帶著小薇，在幾名義門墨士的護送下，一路直奔王屋山。

此時關中地區已為唐軍收服，但見這曾經人煙稠密的糧倉，如今已是赤地千里，所過之處滿目蒼夷，早已不復戰亂前的繁華氣象。眾人心中的喜悅被眼前看到的情景沖淡，只剩下對戰亂的痛恨和對百姓的同情。

眾人一路無話，隨任天翔直奔後山的白雲庵。雖然任天翔已經兩次撲空，沒有見到母親，但除了這座母親原來靜修的庵堂，任天翔也不知道去哪裡尋找她的下落，只能在心中暗暗祈禱：但願上天看在自己這份孝心的份上，莫再讓自己失望。

雖然知道司馬蓉並非自己生母，但任天翔依然將她當成自己的母親。何況，小薇是她和任重遠的女兒，所以任天翔對她的感情絲毫未變。除此之外，他還要給她一個驚喜，那就是將她分別多年的女兒送回到她的身邊，並請求她將小薇嫁給自己，以了卻小薇和自己的心願。

小薇注意到任天翔心中的忐忑，故意玩笑道：「是不是因爲白雲庵住著兩個大美女，你就如此急匆匆要趕過去啊？你要是爲了我這棵樹，就放棄了整個森林，那多划不來，不如我成全你，讓你繼續擁有整個森林好了。」

白雲庵住著楊玉環和上官雲姝兩個大美女，小薇要不提，任天翔還真沒想到這點，自從在睢陽與小薇拜堂之後，他第一次對美女有了免疫力，聽小薇故意取笑，他連忙道：「白雲庵原來還真是住著一個大美女，這個大美女對我們倆都非常重要，對她你可得客氣一點。」

見任天翔的口吻十分鄭重，臉上也沒有半點戲謔或玩笑，顯然不是在說楊玉環或上官雲姝，小薇心生好奇，忙問：「是誰？」

任天翔神秘一笑：「見到她你就知道了，屆時我會給你一個大大的驚喜。但願咱們這次能見到她，莫再失望而回。」

小薇隱隱猜到這個美女，定是指任天翔的母親司馬蓉。她以為任天翔所說的驚喜，是要帶她去見這個未來的婆婆，臉上不禁泛起了一層紅雲，心中卻有些忐忑起來。卻不知司馬蓉其實是她生身之母，任天翔所說的驚喜，其實是要讓她們母女相認，以解母親多年的遺憾。

白雲庵轉眼即到，任天翔正要上前叩門，就見聽到聲響的上官雲姝已倒提寶劍迎了出來，見來人是任天翔等人，不禁大喜過望，欣喜道：「我還以為又是小毛賊上門騷擾，沒想到竟然是你！」

任天翔忙問：「有毛賊到這裏騷擾？」

上官雲姝不以為意地擺手笑道：「也就是因戰亂避入深山的尋常百姓，因饑寒起了盜心，已被我打發，公子不必擔心。」

任天翔放下心來，隨口問道：「上官姑娘在這裏可還住得慣？」

上官雲姝悻悻道：「這裏整天就聽姑子念經，再住下去我都要變成個尼姑了，要不是答應過替你保護那個女人，我早就離開這鳥不拉屎的破地方了。」

任天翔聞言，忙小聲問：「那個女人……她還好吧？」

上官雲姝皺了皺鼻子：「我看她依然放不下那個男人，每次長安有人送東西來，她都要細細打聽長安的情況。聽說那個男人已由巴蜀回了長安，在宮中做太上皇。我看她常常獨自落淚，顯然心中還有所牽掛。」

任天翔心中暗自唏噓，不過想起妹妹的大仇，他淡淡道：「她答應過我，這輩子不再見那個男人，看來她還算守信。哦，對了，這裏的庵主……可曾回來？」

「你是說白雲庵的庵主靜閒師太？」上官雲姝忙問，「她前幾天剛回來過，不過三天前又離開了白雲庵。」

「她去了哪裡？什麼時候再回來？」任天翔忙問。

上官雲姝想了想，遲疑道：「她沒說去哪裡，不過我好像聽她提到過，要去前山的陽臺觀拜見司馬道長。」

「司馬承禎也回來了？」任天翔一驚，沉聲道，「正好我也早就想要拜見他，就先去陽臺觀一趟。」眾人離開白雲觀，直奔前山的陽臺觀。

任天翔心中有無數疑惑，想要當面質問司馬承禎。他知道從血緣上來說，司馬承禎就是自己的爺爺，但從感情上來講，他依然將之視爲一個隱藏極深的千門奸雄。任天翔對這個爺爺和他所代表的千門隱勢力並不瞭解，雖然褚剛知道不少千門的秘密，但他從未向外人提起過，任天翔也就不好向他打聽。司馬家畢竟是褚剛的舊主，即便他脫離了司馬世家，以他的爲人，也不會洩露司馬世家和千門的隱秘，所以任天翔只能靠自己的目光去發現。

陽臺觀依然還是老樣子，也許是因爲隱在深山，又或許是因爲門外的八卦陣，它並沒有遭到戰火的波及。這八卦陣對心術日漸精進的任天翔來說，已經構不成任何障礙。他率眾人穿過竹林來到門前，懷著複雜的心情輕輕叩響門扉，立刻有小道童迎了出來，笑道：「家師正在藏書閣等候公子，公子請隨我來。」

眾人對司馬承禎這種未卜先知的本領驚異不已，只有任天翔不以爲意地問：「道長知道我要來？」

小道童微微笑道：「家師算到公子這幾天大概會登門拜訪，所以早就讓弟子在此恭候，並吩咐說只要公子登門，就讓你去藏金閣相見。」說著，他有些抱歉地對義門眾人攤開手，「不過，家師並沒有說接待公子的隨從，請大家就在客堂奉茶吧。」

任天翔正要舉步，雷漫天忙小聲提醒：「公子小心有詐，還是帶兩個兄弟一起去吧。」

任天翔不以為意地笑道：「司馬道長天下名人，即便有詐，也決不會用粗劣的手段，你們在此稍候，我去去就來。」

隨小道童來到後殿的藏金閣，任天翔心中不禁生出一絲感慨，他記得在這裏他第一次開始認真讀書，並接觸到諸子百家的學說和思想，這裏堪稱是他最早的思想啟蒙殿堂。

懷著幾分複雜的心情，任天翔緩步進入大門，被小道童帶到最裏面一間書房。就見一仙風道骨的老道居中而坐，正捧著一卷古舊的經卷聚精會神地研讀。

雖然多年未見，他依然還是那般飄然出塵，令人望而生敬，只有任天翔知道，在這副仙風道骨的外貌之下，是滿腹的詭詐心腸，因為他不僅是名滿天下的道門第一人司馬承禎，也是千門世家的隱秘傳人。

聽到小道童的稟報，司馬承禎從經卷上抬起頭來，對任天翔示意：「坐！」

任天翔在他對面坐下，小道童悄然告退。房中就只剩下他們兩人。

就見司馬承禎緩緩合上古卷，輕嘆道：「我早就應該想到，你將墨家古卷藏在了這裏，最明顯的地方往往也最安全，此話果然不假。」

任天翔已經認出，書案上那些羊皮古卷，正是自己藏在這裏的墨家經典，幾乎一卷不落。他淡淡笑道：「我當初曾想過將這些古卷全部燒毀，但又覺得墨子這些遺著，除了有教人打仗的兵法武功，更有揭示世界之規矩的專著，還有記錄墨家思想的經典文字，這些才是墨子遺作的珍貴所在，所以我實在捨不得燒毀。這不僅是墨家的精神財富，也是所有人共同的財富，所以我才保留了下來，藏在這座搜羅了諸子百家各種典籍的藏經閣中。」

司馬承禎頷首嘆道：「你沒有做錯，不然我今天就看不到這些失落千年的曠世之作。老夫一生從不服人，在讀了這些千年前的典籍之後，也不得不承認，墨子真稱得上是一代天才，即便不是後無來者，也絕對可以稱得上是前無古人。」

任天翔聞言笑道：「既然你如此推崇墨子，何不依照他的精神來行事？任何時候做一個墨者都不算晚，如果這世上墨者多一些，或許就可以少很多流血衝突，多一些和平和安寧。」

司馬承禎啞然失笑：「沒想到你竟反過來勸老夫，真讓人哭笑不得。只可惜你只知其一，不知其二。」

任天翔正色問：「何爲其二？晚輩願聞其詳。」

司馬承禎反問道：「墨門與千門最大的不同是什麼？孰高孰低？」

任天翔想了想，答道：「墨門以義立世，千門以利為先。墨者天下為公，千者一意謀私，高下立判，不言自明。」

司馬承禎啞然笑道：「原來在你的心目中，為公就是高貴，謀私就是低賤？那你如何理解『天地不仁，以萬物為芻狗，聖人不仁，以百姓為芻狗』？」

任天翔沉吟道：「那是指天地無情，對萬物一視同仁；聖人也需無情，對百姓一視同仁。這是老子道法自然的體現，也暗合墨門的公平原則。」

司馬承禎頷首道：「既然是道法自然，那什麼才是最大的自然？」

任天翔啞然，「自然」是老子多次在典籍中提到的一個詞，似乎是不言自明，但真要讓任天翔用一句話來概括，他卻突然感到有些詞窮。他想了想，虛心道：「我說不上來，還請前輩指教。」

司馬承禎緩緩道：「日夜更迭是自然，生老病死也是自然，就連人分男女、分善惡、分公私也是自然，不過，這些都只是這個世界的表象，掩蓋在這個表象之下的相互對立和相互依存，才是這個世界最大的自然。」

見任天翔似乎有些不解，司馬承禎解釋道：「有男就有女，有陰就有陽，有日就有夜，有生就有死。它們相互對立又相互依存，看似截然相反，卻又互為因果，缺一不可。

你能想像缺其一面，這個世界是什麼模樣嗎？」

任天翔若有所思地點點頭，司馬承禎所說的道理十分淺顯，但卻是他從來沒有認真想過和總結過的普遍規律，自己妄稱鉅子，在發現掩蓋在表象之下的規矩這種能力上，似乎並不比司馬承禎強。

見任天翔露出深以爲然的眼神，司馬承禎繼續道：「對於人來說，有公就有私，有義就有利。這兩種特性俱是人性的自然，是人性的不同側面，你能想像一個只有公心而無私念，或一個只講公義而不言私利的人嗎？」

任天翔點點頭：「你是想說墨家之義與千門之利，其實都是人的一種自然本性，無所謂高低貴賤或榮辱優劣之分？」

司馬承禎對任天翔的理解能力讚許地點了點頭，繼續問道：「孟子認爲人性本善，荀子認爲人性本惡，你認爲他們誰更接近自然和真實？」

任天翔想了想，沉吟道：「善惡只是人們的一種粗略劃分，每一個人都有各自不同的標準，所以我認爲孟子和荀子的話都有失偏頗，其實人性無分善惡，都是本性的不同表現。」

司馬承禎扼腕嘆道：「你能超越善惡看待人性，難道就不能超越善惡看待義與利或公與私？捨身求義是墨者的追求，鑽營逐利是人的本能，以老子順其自然的觀點來看，你能說他們究竟孰高孰低嗎？」

任天翔答不上來，他第一次感覺司馬承禎的話，像重錘一樣砸破了他曾經堅信不疑的信念。這個世界既然有白天，自然就有黑夜，有一心為公的墨者，就一定會有專謀私利的千門。它們是銅板的不同側面，誰也離不開誰，也就無所謂誰高尚誰卑劣。他知道司馬承禎是想為接下來的規勸開場，卻也不得不承認，他的說辭比司馬瑜高明何止百倍。

「你是想說義門與千門，其實並沒有什麼高低之別？我身為司馬世家一員，理應為家族的利益做事？」任天翔淡淡問，「你要我放下心中之義，追求個人最大的利益？」

司馬承禎沒有直接回答，卻微微嘆道：「看來瑜兒已經將你的身世告訴了你，你現在已經知道自己的出身來歷，難道不該為祖先的夢想奮鬥，卻要執迷於做個不相干的墨者？」

任天翔想了想，淡淡道：「有些思想和信念，完全可以超越血脈而傳承。義與利之爭就算是人的本性之爭，無分善惡，我也沒有理由為了一個不切實際的夢想，將自己的一生乃至所有的親人和朋友的命運，押在一個虛無縹緲的幻想上，妄圖逆天而行。」

「這不是虛無縹緲的幻想，而是有可能實現的願望。」司馬承禎站起身來，拉開了牆上一面幔帳，露出了牆上掛著的一面巨大的地圖。

但見地圖上畫滿了紅、藍、綠各色的標記，任天翔仔細一看，竟是大唐帝國所有州縣的詳細地圖。見多識廣如任天翔，也還是第一次見到如此詳盡的全國地圖。

就見司馬承禎臉上泛起一種肅穆的光芒，繼續道，「你以為史思明一死，叛亂將很快平息，天下終將大定？」

任天翔反問道：「難道史朝義還有翻天之力？」

司馬承禎緩緩指向地圖，微微笑道：「史朝義沒有，但是他們有。」

任天翔順著他所指望去，就見他指向了范陽、平盧、河間、朔方等州府，就聽司馬承禎解釋道：「安祿山和史思明挑起的這場戰亂雖然即將平息，但是更多的節度使在這場戰亂中成長起來，他們既有平叛的功臣，也有反正的叛將。他們手握兵、政、人事和稅賦大權，其治所儼然是一個個獨立的王國，大唐朝廷對他們的控制力越來越弱，大唐消滅了一個安祿山，全國卻出現了更多的安祿山，大唐遲早會在這些割據勢力的膨脹之下分崩離析，即便以李泌之才、以郭子儀之能也無法阻止。」

任天翔見地圖上不僅標出了李歸仁、田承嗣等叛將的位置，還標出了僕固懷恩、王思禮等唐將的治所，他不解道：「既然史朝義無力回天，難道李歸仁、田承嗣這些叛將不會被消滅？你又憑什麼斷定這些大唐節度使會割據一方，最終脫離朝廷？」

司馬承禎淡淡道：「憑人性。人性本私，這是符合自然規律的普遍現象，像墨者這種以義爲先的品德，是人性的特殊表現，不是人性的主流。從最普遍的人性出發，我可以斷定大部分節度使都是以個人私利爲先，他們不會不知道兔死狗烹的道理，所以在占盡上風之後，他們不會對李歸仁、田承嗣等叛將趕盡殺絕，朝廷多年平叛，國庫早已空虛，從維持大局的私利出發，也只能對擁兵自重的叛將進行招安。無論是今日平叛的功臣，還是往日作亂的叛將，都將成爲大唐王朝的掘墓人。他們趨利避害的天性，終將使他們走上背叛大唐、爭霸天下的道路。這將是一個千載難逢、因緣際會的時期，是每一個千門弟子大展身手的舞臺，你身上既流淌著司馬世家的血脈，又肩負著墨子的傳承，難道就不爲這樣的機會動心嗎？」

任天翔沉默起來，如果早幾年，他一定會爲天下大亂感到興奮和高興，但是在經歷了戰爭的殘酷，尤其是經歷了像睢陽保衛戰那樣的慘劇之後，他早已對戰爭生出了深深的恐懼和厭倦，他忘不掉那些在戰爭中無端犧牲的死難者，忘不掉累累的白骨和淋漓的鮮血，如果要他爲自己的私利將更多的人驅向戰場，他寧可自己去死。

默默抬起頭，他對司馬承禎緩緩問道：「你經歷過戰爭嗎？你有過朝不保夕、隨時都有可能被殺的恐懼嗎?你親眼見過前一刻還跟你談笑風生的朋友，轉眼就變成一具毫無生氣的屍體嗎?你看到過千百萬同類像野獸一樣在戰場上互相搏殺撕咬，歇斯底里近乎瘋狂的情形嗎?」他的聲音突然顫抖起來，一字一顫地追問，「你有過不得不以同類爲食的經歷嗎?你有過被同類當成食物的恐懼嗎?」

司馬承禎啞然，面對任天翔那令人心悸的目光，他無言以對。默然良久，他徐徐道：「聖人不仁，以百姓爲芻狗。要想成爲聖人，就必須心如鐵石，不會因同情、憐憫、恐懼或其他任何感情而動搖。一個人的死亡是悲劇，千百萬人的死亡就只是個數字。如果承受不了這樣的壓力，就真沒資格做司馬世家的繼承人。」

任天翔緩緩站起身來：「辜負了你的期望，我非常遺憾，如果你的期望就是要我踏著累累白骨，重現司馬一族數百年前的輝煌，將江山社稷視爲自己囊中私物，我只好對你說抱歉了。我寧可做司馬世家的不肖子孫，也不願成爲你所希望的冷血梟雄。」

司馬承禎臉上泛起深深的失望之色，恨恨低嘆：「我真不該送你去義安堂，令司馬家又多了一個叛徒。」

任天翔心中早有疑問，聽到這話更是確信無疑。他以異樣的目光打量著司馬承禎，突然道：「你不是司馬道長!」

司馬承禎眉梢一挑，淡淡笑問：「我不是司馬道長，那誰是司馬道長？」

任天翔沉聲道：「我與司馬道長雖然僅有數面之緣，卻也感覺到他是一個真正的道門高人，當初他將我關在這藏經閣讀書，正是道門順其自然的風格。他沒有強迫我去讀什麼或信什麼，只是讓我在前人的典籍中自由地選擇，在這裏，我第一次瞭解到諸子百家的思想，並爲自己後來的選擇打下了最初的基礎。他是我最初的啓蒙老師，他教會了我淡泊名利、順其自然的道門法則，而你現在卻處處表現出強烈的功利心。你與司馬道長外表雖然非常相像，但骨子裏卻根本就是兩個人，你們一個是真正淡泊名利的世外高人，一個則是爲謀奪江山，苦心孤詣、隱忍多年的千門隱士。」

司馬承禎嘴邊泛起會心的微笑，頷首道：

「看來你對心術的修爲又有所精進，這陽臺觀的所有道士都分不出我與司馬承禎的區別，卻讓你一眼看穿。不錯，我不是司馬承禎，而是他的孿生兄弟司馬承祥。四十年前我們因信念不同而分道揚鑣，他成了道門名宿，而我則繼承祖業，成爲了司馬世家的宗主和千門隱士。我悉心培養了兩個孫子，希望他們能相互合作共謀天下，沒想到他們最終卻不受我控制，選擇了各自不同的道路，正如我與司馬承禎當年一樣。」

心中疑團得解，任天翔心中豁然開朗，終於明白爲何司馬承禎會對自己另眼相看，並以世外高人的身分給予自己諸多幫助，原來他早已知道自己是司馬家的孩子，他將自己留在藏經閣讀書，正是要將自己引上獨立思考、自由選擇的道路，而不是盲目地跟從家族的教導。只可惜司馬瑜沒有這樣的機會，不然，他也許會放下許多不該由他來負擔的重擔。難怪母親要選擇在這王屋山靜修，想必也在本性和家族的責任發生衝突難以自拔之時，得到了司馬承禎這個長輩的幫助，所以她在王屋山隱居下來，以便隨時向這位背叛了家門的伯父請教。

「司馬道長在哪裡？」任天翔終於問到他最關心的問題，「還有我母親司馬蓉呢？」

司馬承祥眼中閃過一絲莫名的心痛和傷感，手拎鬍鬚微微嘆道：「他們現在都在長安。」

「長安？」任天翔一怔，「我母親兩天前才來拜訪過司馬道長，怎麼會在長安？」

司馬承祥幽幽嘆道：「是我讓人將他們送到長安，送到司馬家的祠堂。他們一個是我的孿生兄長，一個是我的親生女兒，但是他們都背叛了自己的祖宗。作爲司馬世家的宗主和族長，我必須要對他們執行家法。」

任天翔難以置信地問道：「以司馬道長的本事，怎麼可能落到你手中？」

司馬承祥微微一笑：「別忘了，我與他是孿生兄弟，世上沒有人比我更瞭解他了。論武功，我不是他對手，但要論智謀，他卻遠遠不及我這個弟弟。我要成心算計他，總有機會得手。」

任天翔恍然醒悟：「難怪百家論道大會上，元丹丘竟帶著道門丹書鐵券來支持司馬瑜，那時司馬道長就已遭了你算計吧？若非張果老及時出手，道門就真成了司馬瑜的幫凶。你假冒司馬道長的名頭招搖撞騙，竟然連陽臺觀這些道士都讓你騙過了！」

司馬承祥不以爲然地道：「我們本來就長得很像，再加上我刻意模仿他的動作和神態，就算是他的弟子也很難分辨。我現在就是司馬承禎，整個道門都已在我掌控之中。」

任天翔沉聲道：「你不怕我揭破你的身分，讓你陰謀破產？」

司馬承祥啞然笑道：「你可以試試，看道門弟子信你還是信我。」

任天翔啞然無語，以他修煉過墨家心術的眼裏，都不能分辨司馬承禎與司馬承祥的區別，其他人又如何能分辨他倆的真僞？任天翔不禁頹然問：

「你要對司馬道長和我娘執行什麼樣的家法？」

「背祖忘宗已是忤逆不孝，何況他們還屢屢破壞司馬世家的大事。這樣的不肖子孫理應在祖宗面前杖殺，不過，我還是願意給他們一個機會。」司馬承祥說到這微微一頓，望向任天翔嘆道，「這個機會其實就在你的手中，他們是死是活，其實就在你一念之間。」

「我？」任天翔一愣，「我方才已表明心跡，決不會成爲你謀取天下的棋子，我在你眼裏想必也是司馬家的不肖子孫，你還要我做什麼？」

司馬承祥淡淡道：「繼承祖先遺願，爲司馬世家奪回失去的天下，這必須是出自內心深處的自願和欲望，來不得半點勉強，所以我現在不會勉強你。我只要你幫司馬家殺兩個人，我就可以原諒司馬承禎和司馬蓉。」

任天翔皺眉問道：「你想殺什麼人？」

司馬承祥眼中閃過一絲寒光，徐徐道：「一個是當今聖上李亨，一個是儒門門主李泌。」

任天翔心中一震，立刻就明白了司馬承祥的險惡用心。當今聖上李亨，雖然算不上英明神武的中興之主，但也是兢兢業業平定叛亂的精神領袖，在邊關將帥和各路節度使心中威望崇高，如果他突然身死，那些割據一方的節度使，更不會將朝廷放在眼裏，大唐江山將在風雨中搖曳。而李泌不僅是儒門門主，更是江湖各派共同擁護的盟主，也是唯一令司馬瑜都束手無策的絕頂天才，若沒有了他，中原武林將重回混沌，天下大亂指日可待。

見任天翔沉默不語，司馬承祥淡淡道：「爺爺老了，早已無心再爭霸天下，但你和瑜兒都還年輕，完全可以在這亂世中有所作爲。亮兒，爺爺不干涉你的選擇，但你畢竟是司馬世家的子孫，是我司馬承祥嫡親的孫子，現在爺爺求你，求你爲司馬家的祖先、爲你的姓氏、爲你早逝的父母，以及對你有養育之恩的姑媽司馬蓉、對你有教導之德的伯爺司馬承禎，做這唯一的一件事。」

這聲「亮兒」叫得情真意切，令任天翔不禁想起了自己本來的名字——司馬亮，與兄長司馬瑜的名字均是取自「一時瑜亮」之意，可見司馬承祥對這兩個孫子的殷切期望。任天翔默然良久，最終卻澀聲問：「我要不答應呢？」

司馬承祥黯然嘆道：「那爺爺只好對你伯爺司馬承禎和你姑媽司馬蓉執行家法，然後在司馬世家歷代祖先的牌位面前，爲當初將你送入義安堂的錯誤——自刎謝罪！」

任天翔啞然了，從司馬承祥平靜的口吻中，他聽出了這個千門隱士的決心和意志。司馬家少了自己這個孫子，僅憑司馬瑜根本就無力翻天，刺殺大唐最重要的兩個首腦人物，成爲司馬承祥最後孤注一擲的機會，如果自己連這個機會都不給他，那麼他在極度失望之下，完全可能將怒火發洩到所有背叛了他的親人身上，最終釀成家族的慘劇。

默然良久，任天翔無奈道：「你讓我……好好想一想。」

司馬承祥起身來到任天翔身旁，輕輕拍了拍他的肩頭，慈祥地笑道：「不必著急，你有一整晚的時間來考慮。明天一早爺爺再來，司馬家族的命運，就繫於你一個人身上。」

回京

第八章

三人默默矗立在寢宮門外，耳邊隱約可以聽到李隆基時而驚喜交加、時而含混不清的譫語，跟著房中響起了飄渺的琴音，是任天翔曾經聽到過的《霓裳羽衣曲》，時而舒緩如川，時而洶湧如海，演盡了盛唐的繁華錦繡，也演盡了它的破敗和衰落。

司馬承祥已經離開，任天翔獨坐在空無一人的藏經閣中，怔怔地望著虛空發愣。一方是墨者的責任和天下大義，另一方是自己家族的前途和命運，以及伯爺司馬承禎、爺爺司馬承祥、養母兼姑媽司馬蓉等等幾乎所有親人的性命，無論作何選擇，都會令他痛苦萬分。

原本漫長的黑夜，今晚卻變得十分短暫，任天翔感覺沒過多久，外面就已傳來道士們早課的鐘聲，以及晨鳥隱約的清啼。任天翔推開窗戶，任由窗外的清新空氣撲面而入，他深深地吸了口氣，在心中對自己暗暗道：是必須得做出選擇的時候了，司馬世家列祖列宗在天之靈請賜予我力量，讓不肖子孫司馬亮，能挽救族人於危難之中！

房門「咿呀」而開，司馬承祥推門進來，就見他眼中有隱約的血絲，可見昨晚他也失眠。不過，他並沒有急於問任天翔的決定，而是讓道童將臉盆巾帕端進來，伺候任天翔洗漱梳理，待任天翔整理完畢後，又讓道童送來早點，然後對任天翔笑道：

「自從你離開家門，爺爺就再沒有機會與你一起吃飯，今日爺爺就陪你用早點，以彌補多年的遺憾。」

道童將早點送到藏經閣，就見不過是饅頭稀飯等常見之物，但任天翔卻吃得津津有味。祖孫二人默默用完早點，待道童將碗盞收拾下去後，任天翔這才平靜地道：「我決定了。」

司馬承祥靜靜地望著他，並沒有追問，似乎對他的決定早已成竹在胸。就聽任天翔沉聲道：「我可以幫爺爺除掉李亨和李泌，不過我有一個條件。」

司馬承祥頷首笑道：「給爺爺做事還要提條件？不知是什麼樣的條件？」

任天翔正色道：「我要做千門門主，所有千門弟子均需聽從我的號令。」

司馬承祥皺起眉頭：「千門弟子雖說共奉大禹為開山祖師，但其實是一個相對鬆散的隱秘門派。門下弟子本就不多，又分散成許多分支，相互間並無多少往來。司馬世家因祖上的緣由，為千門實力最強的世家，但也沒有統領整個千門的資格，千門門主從來就只是個傳說，誰也沒有真正見到過。」

「以前沒有，不等於以後就不能有。」任天翔從容道，「只要有爺爺的鼎力支持，我有信心成為千門新的門主。你答應我這個條件，我就為司馬世家除掉李亨和李泌。」

司馬承祥盯著任天翔的眼眸審視良久，終於釋然笑道：

「爺爺果然沒有看錯，你比你哥哥心胸廣博，天生是做大事的人物。不過你未立一功，就要做統領整個千門的門主，恐怕難以讓人信服。我看不如這樣，你先為千門除掉李亨和李泌兩人中任何一個，爺爺就全力助你做千門門主，司馬世家上下，均遵從你的號令。」

見任天翔沉吟不語，司馬承祥淡淡道：「李亨久居深宮，有御林軍和御前侍衛保護，要除掉他確實有一定的難度，可以從長計議。李泌雖爲中原武林盟主，李唐王朝真正的柱石，但身邊除了幾個儒門劍士，並沒有多少人護衛。你跟他交情非淺，僅憑義門的實力，要除掉他也不是難事。如果你連這也不願去做，難免讓人懷疑你的用心。」

任天翔心知司馬承祥所言不虛，終於緩緩點頭道：「好！我先爲爺爺除掉李泌，爺爺助我做千門門主。成交！」

二人伸掌一擊，終於達成了一致。

司馬承祥欣然笑道：「爺爺會以司馬承禎的身分與你同回長安，除了咱們司馬家的人，你伯爺那些道門弟子，也都可以成爲你的臂助，再加上義門本身的實力，完全可以將長安掀個底朝天。就讓咱們祖孫聯手，幹成這件驚天動地的大事。」

二人攜手離開藏經閣，就見小道童迎了上來，小聲稟報道：「外面有個女人吵著要見公子，幸虧讓公子的隨從安撫住，徒兒怕打攪師父和公子清靜，沒敢立刻稟報。」

「女人？」任天翔愣了一愣，忙對司馬承祥道，「我出去看看，道長請留步。」

匆匆來到外面的客堂，就見一個白紗蒙面的女子正搓著手焦急地等在那裏，小薇和上官雲姝則在一旁小聲陪她說著話。雖然她臉上蒙著白紗，身上裹著粗布緇衣，但那風姿綽約的身材就是粗布緇衣也掩飾不住，任天翔忙上前小聲問：

「神仙姐姐，你怎麼來了？」

原來這女子，正是在白雲庵隱居的楊玉環。見到任天翔，她焦慮的眼神終於有所放鬆，低聲道：「我……我怕你匆匆而來，又匆匆而去……」

這話令任天翔差點誤解，見小薇正虎視眈眈地盯著自己，他趕緊收起玩笑之心，小聲問：「姐姐找我有事？」

楊玉環突然衝任天翔拜倒，哽咽道：「姐姐有一事相求，還請公子一定答應。」

任天翔嚇了一跳，趕緊上前攙扶：「姐姐有話儘管說，何必如此？這不是折殺小弟麼？」

楊玉環卻堅持道：「你先答應，不然我就不起來。」

任天翔忙道：「好好好，你先說是什麼事？」

楊玉環澀聲道：「姐姐……想跟你回長安……」

楊玉環話音未落，任天翔臉上已倏然變色，不悅質問：「你是想去見那個拋棄了你的男人？你答應過我，今生今世都不再見他，難道忘了？」

楊玉環怔怔地落下淚來，哽咽道：「前日聽長安送錢糧來的人說，他已經回了長安，現在他雖然名爲太上皇，過得卻很不好。最近又身染重病，精神恍惚，卻一直在念叨著姐姐的名字。他已經年逾古稀，恐怕時日無多，就算以前有多般不是，念在他多年不忘的情分上，姐姐無論如何也要去見他一見。」

任天翔不悅地望向一旁的上官雲姝，冷哼道：「她能知道那個男人的詳情，都是上官姑娘的功勞吧？」

上官雲姝不好意思地吐了吐舌頭：「我也是看她念念不忘那個男人，癡情令人感動，所以回了趟長安幫她打探。那個男人原本是我上官家的大仇人，我曾發誓要殺了他爲家人報仇，不過，看到他現在的淒慘模樣，我倒是覺得讓他活著才是最好的報復。」

當年李隆基平韋后和太平公主之亂，一代才女上官婉兒也因參與韋后之亂而被誅殺，上官世家因之受到株連，幾乎慘遭滅門。沒想到今日上官雲姝竟也替李隆基說話，任天翔不禁怒道：

「他淒慘？他再淒慘也還是個不問政事、安享晚年的太上皇，比起那些被他害死的人來說，他不知幸運多少倍。國家被他搞成這樣，爲平定這場叛亂已經死了無數人，他這個始作俑者卻還好好地活著，真是老天沒眼，天道不公！」

上官雲姝嘆道：「他的日子恐怕也不多了，而且神智已有些糊塗，除了還記得貴妃娘娘，已經忘了大部分的人和事。身邊除了高公公這一個老太監，幾乎再沒有一個信得過的人了。」

任天翔冷哼道：「他好歹還是太上皇，過得再差也比大多數人強。」

上官雲姝嘆道：「公子只知其一不知其二。當今聖上是以非正常手段繼承皇位，對他父親既心懷愧疚又暗含戒備，所以父子關係並不融洽。加上李輔國、魚朝恩之流的小人時時在一旁挑撥，難免對太上皇有防備之心。就連太上皇中秋召幾個老臣賞月敘舊，也被李輔國誣爲勾結外臣，密謀造反。皇上雖然不信，但也藉故令那幾個老臣告老還鄉。從那以後，再沒有外臣敢應太上皇之召，太上皇獨居深宮，外無舊臣往來，內有小人監視，其孤獨寂寥之狀也就可想而知。」

任天翔奇道：「你怎知道得這般清楚？」

上官雲姝不好意思地笑道：「上次我聽說他回了長安，便潛入皇宮伺機行刺，沒想到卻遇上了高公公。他認出我衣衫上的花樣是娘娘所繡，所以就告訴了我這些。」

任天翔心下釋然，當年以李代桃僵之計救下楊玉環，騙得過旁人卻一定騙不過高力士，所以高力士知道楊玉環還活著。又認出上官雲姝身上有楊玉環的繡花，便猜到上官雲姝一定知道楊玉環的下落，所以希望通過上官雲姝之口引楊玉環與李隆基相見，以彌補李隆基畢生之遺憾。雖然任天翔並不同情李隆基，不過對高力士的這一片苦心，倒是暗生敬意。

見任天翔還在猶豫，楊玉環再次拜倒在地，哽咽道：「求公子讓我再去見他一面，我保證就見一面，讓他知道我並沒有死，讓他可以不必抱憾而去，這就夠了。」

任天翔連忙將她扶起，嘆道：「姐姐這一片癡情，我怎能狠心阻攔？咱們即刻動身去長安，不過，你得依我一個條件。」

楊玉環忙問：「什麼條件？」

任天翔道：「你不能公開露面，以防被人認出身分，萬一讓別有用心的人知道你還沒死，不知道又會生出多少事端。」

楊玉環連忙點頭答應：「姐姐一切都聽你的，決不洩露自己身分。」

任天翔頷首道：「那好，咱們現在就走，我也想早點回長安看看。」

眾人即刻動身，第二天黃昏即趕到了長安，但見長安已恢復了平靜。史朝義弒殺史思明，叛軍因內訌而生亂，最終被衛伯玉和李光弼大軍擊敗的消息傳來，人們紛紛奔相走告，齊祝天助大唐，卻不知這一變化的根本原因，其實是由李泌運籌帷幄，再由任天翔率義門眾士具體實施的結果。

任天翔想先見司馬承禎和司馬蓉一面，卻遭到司馬承祥的拒絕，他推卻道：「亮兒，你不用擔心你伯爺和你姑媽，他們一個是我兄長，一個是我女兒，不到情非得已，我豈會傷害他們？你只要照計畫行事，遲早會見到他們。」

任天翔無奈，只得照計畫先去見李泌。

聽到他平安歸來，李泌自然是喜出望外，親自將他迎入家中，欣然道：

「沒想到公子竟能令史朝義弒君殺父，史思明這一死，叛軍對長安的威脅不攻自破不說，叛軍中再沒有一個人的威望，足以駕馭所有范陽兵將，偽燕國已分崩離析，平定叛亂指日可待。」

任天翔離開史朝義後，再沒有聽到前線的消息，此刻也忍不住關心地問：「後來的戰事如何？史朝義有沒有束手就擒？」

李泌拿出地圖，在圖上指點道：

「史朝義由陝郡退兵後，一路逃往范陽，卻在鄴城受阻。偽燕國許多將領，得知史思明是死於史朝義之手，紛紛擁兵自重，根本不聽史朝義號令。他在李光弼大軍追擊之下，一路東奔西逃，卻找不到一處落腳之地，說是喪家之犬也不為過。不過這小子帶兵打仗確實還有點本事，每每於幾無可能的境地突圍而出，令追擊他的唐軍也吃了不小的虧。就連李光弼、僕固懷恩等名將，也沒在他那裏占到半點便宜。」

任天翔知道這一定是司馬瑜的功勞，不過，戰術上的勝利已無法扭轉戰略上的失敗，失去了僞燕國各路將領的擁護，司馬瑜就是再怎麼用兵如神，史朝義這支部隊也是越打越少，被唐軍消滅只在早晚。

想到司馬瑜在明知前途渺茫的情況下，還竭盡全力作垂死掙扎，任天翔心中竟生出了深深的同情，明知不可爲而爲之，就這份堅持和勇氣，也值得所有人尊重。

直到這時，任天翔才意識到司馬承祥孤注一擲的無奈。自己已是家族最後的希望，除非大唐自己內部生變，否則司馬世家謀奪天下的希望，將在司馬瑜手中徹底葬送，而令大唐內亂，有什麼比刺殺它最重要的兩個人物更簡單直接的辦法呢？

注意到任天翔有些走神，李泌忍不住問：「兄弟你有心事？」

任天翔遲疑了一下，坦然道：「我想要見聖上。」

李泌有些意外，忙問：「恕爲兄冒昧問一句，你爲何突然要見聖上？」

任天翔正色道：「我和義門眾兄弟爲平定戰亂立下了汗馬功勞，現在該聖上兌現當初的承諾，讓我義門重新成爲與儒門、道門、釋門等並列的名門正派了。我想要聖上像當年太上皇敕封道門那樣，敕封義門丹書鐵劵，使義門不再受官府和世人的猜忌，我義門弟子可以堂堂正正地行走於世。」

李泌釋然笑道：「以兄弟和義門眾俠士立下的功勞，聖上再怎麼敕封都不爲過。爲兄會將你的意思傳告聖上，讓聖上儘快召見你。」說到這，李泌微微一頓，「不過，現在朝中是李輔國當權，聖上對他幾乎言聽計從，加上聖上一直體弱多病，萬一要有什麼拖延，兄弟還請耐心等候。」

任天翔點頭道：「那就拜託李兄了，我回去等候你的消息。」

當年的任府遭遇叛軍洗劫，早已變得面目全非，不過在經過義安堂眾人修繕之後，已基本恢復了原來的模樣。

當任天翔帶著眾人回到這裏，看到原來「蕭宅」兩字，又重新換成了「任府」，而且依然是顏真卿手筆，心中不禁感慨萬千。想起自己並不是任重遠的兒子，沒有資格繼承這處特殊的物業，他忙對身旁的小薇悄聲道：

「以後這裏就是你的家，你才是這裏的主人。」

小薇會錯了意，臉上泛起幸福的紅暈，興奮地說不出話來。任天翔也不點破，只想等見到她親生母親後，再告訴她身世，免得她爲尚未相認的母親擔心。

得到消息的厲長老和洪邪等人，紛紛迎了出來，率眾人齊聲拜道：「義安堂、洪勝堂弟子，恭迎門主大駕！」

任天翔連忙還拜道：「一別經年，諸位兄弟還好？」

眾人紛紛說好，任俠等人及堂中兄弟分別多日，如今再見，自然親切萬分。眾人呼朋喚友、稱兄道弟，一番熱鬧自不必細表。

在門外寒暄多時，才有弟子將眾人領進大門，但見堂下已擺上酒宴，滿滿當當不知擺了多少桌。除了義安堂和洪勝堂的人，那些得到消息的老朋友，如當年長安七公子中的人物，也都聞訊趕來相聚，就連當年的「滾地龍」周通，也都前來拜望，只是周通在戰亂中投了軍，在戰亂中屢立戰功，如今已做到城防軍參將了。

任天翔自上次離開長安後，一直顛沛流離不得片刻安寧，已經很久沒有像現在這樣熱鬧過。問起當年那些朋友的情況，才知家裏開錢莊的老四費錢和家裏開綢緞莊的老五周福來，在叛軍攻入長安之時，錢莊、綢緞莊均被叛軍洗劫，二人在戰亂中也不知所終；老大高名揚依舊在刑部供職，不過現在已經是刑部排名第一的捕頭了；老二施東照作爲御前侍衛，當年隨太上皇去了巴蜀，沒有經歷戰亂，不過也失去了晉身的機會，如今雖然還掛著御前侍衛的名頭，卻已經不再是宮裏的紅人，整天遊手好閒，無所事事；只有老三柳少正仕途順利，年僅三旬就已經做到大理寺卿，官至二品。

眾人憶起戰亂前那年少輕狂的生活，均是不勝唏噓，感慨萬千。

酒未過三旬，突聽門外馬蹄聲急，跟著就見有義安堂弟子急匆匆地進來稟報：「郭老令公大駕親臨，已到大門之外！」

任天翔聞言大喜過望，連忙親自迎了出去，剛出二門，就見白髮蒼蒼的郭子儀在幾名隨從的陪同下大步而入，雖然已年過七旬，依舊威風凜凜，令人不敢直視。

任天翔遠遠拱手拜道：「晚輩何德何能，竟勞老令公親自登門拜訪？」

郭子儀呵呵笑道：「老夫雖然遠離前線，卻也聽說了小兄弟你打入叛軍，挑動史家父子內訌的事蹟，老夫早就想好好敬你一杯，可惜你一直沒回長安，今日老夫總算可以如願。」

任天翔見與郭子儀同來的除了他的幾名隨從，還有兩個三十出頭的年輕將領，一個是當年與任天翔一起發動兵變、誅殺楊國忠的李晟，另一個則是當年哥舒翰的親衛將領烏元陀，任天翔大喜過望，連忙與二將見禮。

問起別後情形，才知李晟已是邊關神策軍主將，專司對吐蕃作戰；烏元陀當年率哥舒翰的親兵追隨任天翔，直到任天翔率義門眾士參加百家論道大會，他才率軍投奔了李晟，在唐軍收復長安的香積寺大捷中屢建奇功，加上當年發動兵變助李亨當上皇帝有功，因此升遷迅速，如今已是神策軍中一員高級將領。二人聽說任天翔回了長安，便相約前來拜會，沒想到在大門外正好遇上了郭子儀一行。

郭子儀雖然已賦閒在家，但依然是位列三公的重臣，而李晟和烏元陀則是軍中新貴，三人的到來自然令眾人興奮不已，爭相上前敬酒結交，將酒宴的氣氛推向了高潮。

任天翔似乎又回到了當年花天酒地的年少時代，不顧小薇的勸阻與眾人豪飲。酒至半酣，不知是誰想起了在戰亂中死難的親人，借著酒意嚎啕大哭，令任天翔也想起了遭遇不幸的妹妹，以及犧牲的義門墨士，他也忍不住淚如泉湧，悲不能禁，一場歡宴頓時變得淒淒慘慘。

一個義門弟子來到任天翔身邊，小聲稟報道：「公子，門外有位老人家求見。」

任天翔睜著半醉半醒的眼眸，不悅道：「我不早就說過，今日這裏大門不閉，任何人登門拜訪都是我的朋友，儘管進來喝酒，不必再通報。」

那弟子小聲道：「那老人家要單獨見公子，說有很重要的事要求見公子。」

任天翔打了個酒嗝，不耐煩地擺手道：「那你讓他去偏廳等候，待我喝痛快後，再去見他不遲。」

小薇擔心任天翔喝醉，借機催促他道：「你還是先去見見人家吧，說不定人家真有重要事情呢。要不我陪你去，免得你半道上摔倒。」

小薇說著攙起任天翔，穿過大堂來到偏廳，就見偏廳中一個身著灰色布衣的老者在焦急地等候，見到他進來，老者迎上前，啞著嗓子問：「公子還認得老奴麼？」

任天翔瞇著醉眼打量對方，但見老者頭髮盡白、頷下無鬚，臉上雖然溝壑縱橫，卻依然能看出他以前的富態模樣，那是一種特殊人群所特有的富態。

待看清這老者的模樣，任天翔渾身一顫，酒一下子就醒了大半，驚訝道：「是高公公，你……你怎麼會在這裏？」

原來這已有些老態龍鍾的古稀老者，赫然就是太上皇當年最爲信任的大太監高力士。多年不見，他明顯比以前蒼老了許多，臉上刻滿了顛沛流離的印跡。見任天翔動問，他忙道：「聽說公子回了長安，老奴專程前來拜見。」說著就要拜倒。

任天翔連忙將他扶起，連聲道：「公公折殺在下了，論年紀，你比我爺爺還大，論地位，你比我高出一大截，晚輩豈敢受你大禮？有什麼話公公但講無妨，不必多禮。」

高力士望向小薇，欲言又止。任天翔見狀忙道：「忘了給公公介紹，這是我未過門的妻子小薇，不是外人，公公不必多慮。」

高力士這才道：「老奴求公子一件事。」

任天翔啞然笑道：「什麼事如此鄭重？」

高力士正色道：「老奴想求公子，讓太上皇再見貴妃娘娘一面。」

任天翔嚇了一跳：「你這話什麼意思？貴妃娘娘不是已經被太上皇賜死了麼？你憑什麼以爲我會知道貴妃娘娘的下落？」

高力士嘆道：「當年是老奴親自爲貴妃娘娘驗的屍，她是死是活老奴豈能不知？老奴思來想去，唯有公子有動機、有手段、有能力救下娘娘，所以冒昧前來相求，望公子務必答應！」

見任天翔沉吟不語，高力士突然拜倒在地，哽咽道：「太上皇的日子恐怕不多了，望公子看在他已經老邁昏聵的份上，務必滿足他這最後的心願，老奴給公子磕頭了。」

任天翔連忙將他扶起，遲疑道：「你說太上皇已老邁昏聵，這是怎麼回事？」

高力士垂淚道：「太上皇自巴蜀回來後，依舊入住原來的寢宮，整天睹物思人，精神恍惚，漸至萎靡不振，一病不起。如今宮中是由李輔國、魚朝恩之流當家，對太上皇多有輕慢，飲食用度也時常剋扣。太上皇年邁體衰又精神壓抑，怎經得起如此折磨，早已是病入膏肓，最近神智更是時而清醒時而糊塗，譫語不斷，老奴聽他總是提到娘娘，知道這是他畢生最大的悔恨和遺憾，所以厚顏前來相求，望公子看在故主的情分上，了卻他老人家這樁心願，望公子成全。」

高力士說著又要拜倒，任天翔連忙將他攔住。雖然李隆基在任天翔心中是害死天琪的仇人，但聽說他現在的情形，任天翔心中也生出了一絲憐憫，輕嘆道：

「公公先回去吧，待我找幾件娘娘的舊物，由公公轉呈太上皇，讓他知道娘娘還活著，他或許就會放下心中的負疚。」

高力士無奈，只得起身告辭，剛開門而出，卻見門外立著一個身著緇衣的蒙面女子，就見她渾身微顫，衣衫無風而動，雖然看不到她的模樣，卻也能感覺到她內心的激蕩。高力士一見之下頓時福至心靈，搶前一步拜倒在地，哽咽道：「老奴……見過娘娘！」

任天翔正奇怪楊玉環怎麼會得到消息趕過來，卻見小薇在一旁不好意思地陪笑。原來是她方才偷偷去將楊玉環領來，剛好聽到高力士後面的話，這自然又是她的小心眼在作祟。

楊玉環稍稍平定了一下情緒，這才澀聲問：「他……真還記得我？」

「記得，當然記得！」高力士急忙從懷中掏出一疊稿子，解釋道，「這是太上皇清醒時寫下的詩詞曲賦，幾乎篇篇都是在懷念娘娘，堪稱字字血淚，曲曲相思啊！」

楊玉環接過稿子一篇篇細看，淚水漸漸濡濕了她的面紗，她仔細收起稿子，對高力士澀聲道：「好！你前面帶路，我這就去見他。」

高力士大喜過望，連忙道：「老奴早已備好馬車，娘娘請隨我來！」

任天翔見楊玉環心意已決，只得嘆了口氣道：「我陪你去，不過，你不能再以貴妃娘娘的身分露面，不然會給他帶來天大的麻煩。」

楊玉環頷首道：「只要讓我見到他，我一切均聽從你的安排。」

入夜時分，一輛簡樸的馬車來到皇城側門，守衛的兵卒正要上前盤查，才發現趕車的居然是個老太監。

一個侍衛認出了這個當年紅極一時的大太監，不由奇道：「是高公公？你不在宮中侍候太上皇，半夜還在外面逍遙快活？」

高力士忙道：「太上皇舊病復發，老奴奉令去請太上皇熟悉的廖太醫，所以回宮遲了，望侍衛大人恕罪。」

那侍衛撩開車簾看了看，就見車中果然是一個郎中和兩個隨從，他正要仔細盤查，高力士已怒道：「太上皇病情危急，有什麼三長兩短你擔待得起？」

高力士雖已失勢，但畢竟是曾經紅極一時的大太監，那侍衛不敢怠慢，只得讓手下放行。不過待馬車離去後，他卻不忘派人飛報李輔國。所有與太上皇有關的事都要向李輔國稟報，這是權傾天下的大太監李輔國的密令，誰也不敢不遵。

馬車穿過重重宮闈，來到大明宮後部的寢宮，扮成郎中的任天翔忙隨高力士匆匆而入，僞裝成隨從的楊玉環和任俠則捧著藥箱緊隨其後。

三人隨高力士來到榻前，但見一老者面容枯槁、神智迷糊，若非身著明黃龍袍，任天翔還真沒認出他就是曾經風流倜儻的李隆基。

高力士上前將他扶起，在他耳邊輕聲道：「陛下，你看誰來看你來了？」

就見他睜開朦朧的雙眼，目光一陣散亂之後，最後聚焦到黑巾蒙面的楊玉環身上，嘴裏喃喃不清地自語：「力士，朕又在做夢了，朕又夢到了玉環。」

高力士正要開口，卻被任天翔搖頭阻止。就聽任天翔低聲道：「就讓他以爲是在做夢吧。」

任天翔堅持要陪楊玉環前來，除了是出於安全的考慮，也是想看看這個害死自己妹妹的仇人最後的下場，但看到他現在的模樣，任天翔心中對他的恨意已完全消散，他已看出李隆基時日無多，對於一個將死之人來說，報仇還有什麼意義呢？他示意高力士和任俠隨自己悄悄退出去，將楊玉環單獨留在他身邊。

三人默默矗立在寢宮門外，耳邊隱約可以聽到李隆基時而驚喜交加、時而含混不清的譫語，跟著房中響起了飄渺的琴音，是任天翔曾經聽到過的《霓裳羽衣曲》，時而舒緩如川，時而洶湧如海，演盡了盛唐的繁華錦繡，也演盡了它的破敗和衰落。

不知過得多久，琴音終於嫋嫋消失於天際，就見楊玉環開門而出，對任天翔道：「咱們回去吧。」

高力士正待動問，突聽寢宮中傳來李隆基驚喜若狂的高呼：

「力士！力士！朕見到玉環了，她現在已位列仙班，是天上最漂亮的仙女。朕要隨她去了，朕也要做個永遠不老的逍遙仙……」

高力士連忙丟下眾人飛奔而入。任天翔正不知該走該留，卻聽楊玉環輕聲道：「走吧，他活著已是受罪，如果能早一點解脫，也是一種幸福。」

三人沿來路出宮，馬車奔行在空寂無人的黑暗長街，任俠在前方趕車，任天翔與楊玉環則在車中相對而坐。

二人靜默良久，任天翔忍不住小聲問：「姐姐……下一步有何打算？」

楊玉環幽幽嘆了口氣：「我的心已經隨那個人去了，只是我還沒有勇氣結束這無聊的人生，現在，我只想尋一處無人認得自己的清靜之地，伴青燈古佛或破廟三清了度餘生。」

楊玉環這個願望對旁人來說不是問題，對她來說卻是難如登天，因為以她的容貌，不被人認出的機會十分渺茫，不過任天翔還是慨然應道：

「我一定給姐姐找一處地方，在那裏決沒有人認得你，讓姐姐後半生可以在寧靜中安然度過。」

馬車回到任府，就見酒宴已近尾聲，不少人已喝得大醉，洪邪等人更是喝得爛醉如泥。見任天翔回來，施東照拉著他又是一番豪飲，任天翔退卻不過，只得與眾兄弟同醉。到最後他已是天昏地暗，不辨東西。

第二天一早，任天翔宿醉未醒，突聽任俠在耳邊高呼：「公子快起來，有聖旨到了！」

任天翔糊裏糊塗地起來，才知是皇上下旨相召，他急忙梳洗打扮換上乾淨衣衫，這才隨傳旨的太監直奔皇宮。

他以為是朝廷敕封義門的事有了著落，誰知剛見到皇上，就被他一句話問得啞口無言，就聽這位當年還跟他稱兄道弟的太子殿下，如今卻用懷疑的口吻問道：

「任愛卿剛回長安，就私自約見了朝中三位重要將領，這也罷了，卻又爲何要喬裝進宮，秘密去見太上皇？」

任天翔無言以對，他知道自己犯了宮廷政治的大忌，就算是跳進黃河也洗不清了，何況帶楊玉環密見太上皇的事也萬萬不能提，不然當年參與營救楊玉環的義門兄弟，只怕也都要人頭落地。

政變

第九章

李輔國發動政變這天，正好也是任天翔成為千門門主的那天，這肯定不是巧合。任天翔知道這背後一定是司馬承祥的安排，也許張皇后與李輔國的反目、甚至皇上不明不白的暴斃，都是出自這位千門隱士的精心佈局和巧妙安排。

任天翔沉默良久，終苦笑道：「皇上，你認爲以太上皇現在年近八旬的高齡，以及他現在的狀態，還會對權勢地位感興趣麼？」

李亨啞然了，他不是不知道父親已經老得幾乎認不出兒子的地步，不可能再對自己的地位構成任何威脅。他不禁將目光轉向一旁的一個老太監，正要責怪他小題大做，卻見那太監已上前道：「皇上，太上皇已經老邁到吃喝拉撒都要人伺候的地步，不會對朝政感興趣。不過，奴才是怕有人想借了太上皇的名頭，達到自己不可告人的目的。」

李亨一想也對，回頭問道：「對啊，你要見太上皇，只需稟明朕就行了，爲何卻要喬妝打扮，偷偷去見？」

雖然沒人說明，但任天翔一眼就能肯定，敢在皇上與自己說話時插嘴的老太監，必定是最近炙手可熱、隻手遮天的李輔國。他知道李輔國是當年在東宮侍候聖上的舊人，在聖上當太子那朝不保夕、提心吊膽的日子裏，給了聖上莫大的安慰和支持，是聖上最爲信任的心腹，二人之間這種相交多年的主僕之情，決非尋常君臣可比。自聖上靈寶登基之後，他就一步步得到重用，最近更是隱然凌駕於百官之上，成了事實上的首輔大臣。

但見他年過五旬，面白無鬚相貌堂堂，從外表看，絕對是個不怒自威的正人君子，唯有眼眸深處隱約透出的一絲微光，才暴露了他胸中的城府和心機。能從昨夜高力士請郎中進宮，猜到是自己密見太上皇，這絕對是個厲害之極的人物。

尤其任天翔看到現在的皇帝李亨，雖然年紀還不到五旬，卻已經鬚髮斑白，面容枯槁、兩眼無神，就連登上龍椅都需要太監攙扶，身體實在虛弱到極點。任何人在這個時候都會感覺脆弱，心智和才能也急劇降低，只會越來越依靠最熟悉、最會奉承的親人或奴才，所以張皇后和李輔國之流才會得寵，漸漸凌駕於滿朝文武之上，要想在這個時候令聖上改變習慣，恐怕是千難萬難。

以任天翔心術修為，也無法一眼看穿李輔國的深淺，他只得對皇上嘆了口氣，苦笑道：「我在到達長安之前，就已通過李泌大人給聖上呈上奏摺，想儘快見到聖上，但到達長安之後才知，現在要見聖上，須得經李公公首肯。在下不過一江湖草莽，既無權又無錢，要想得李公公首肯面見聖上，不知得等到猴年馬月。我聽說太上皇病重，所以急著想要探病，哪裡容得慢慢等候聖上恩准？太上皇當年待我不薄，我卻在他最困難的時候棄他而去，雖說是有不得已的苦衷，但也一直心有不安，我怕沒有機會當面向太上皇請罪，他就先一步……」

任天翔說到這已是哽咽難言，令李亨也滿面悲戚，想起父親已老邁昏聵，隨時有可能撒手人寰，連任天翔這個舊臣都念著舊情要見他一面，自己這個兒子卻還諸多猜忌，實在是不應該。又想起自己當年能順利從父親那裏繼承皇位，多虧是得任天翔之助，這份恩情自己還從未報答。他正要開口好言安慰，一旁的李輔國已對任天翔喝道：「住嘴！太上皇不過染有小恙，你就在這裏危言聳聽，是不是想咒他早死？你這是何居心？」

任天翔歷經無數次出生入死的考驗和墨家學說的薰陶，早已經不是當年那個投機取巧、胸無大志、對任何權貴都曲意奉承的弄臣，哪裡受得了一個太監的惡氣？他冷眼一瞪李輔國，對李亨沉聲問：「聖上，不知這位公公是何人物？爲何未經聖上允諾就敢屢屢插話？這裏是由聖上做主還是由這位公公做主？」

李輔國一時語塞，深沉的眼眸閃出一絲令人不寒而慄的微光。滿朝文武還從未見過有人竟敢公然質疑他的威信，盡皆噤若寒蟬。

李亨見狀，連忙爲他圓場道：「忘了給你介紹，這位是李輔國公公，二十多年前就在朕身邊伺候，是朕最信任的人之一。他妄自插話也是想爲朕分憂，愛卿不必介懷。」

任天翔見皇上不僅不指斥李輔國干政，反而爲他開脫，不禁在心中暗自嘆息。

李輔國得到皇上支持，嘴邊泛起了一絲得意的微笑，盯著任天翔質問道：「任公子還沒告訴大家，爲何要咒太上皇早死？」

任天翔氣得滿臉鐵青，強壓怒火淡淡道：「太上皇年近八旬又體弱多病，近來神智又時有迷糊，任何關心他的人都會擔心他老人家的身體，公公卻將之誣爲咒他早死，不知是何居心？」

李輔國沒想到任天翔一介布衣，竟然當著滿朝文武質問自己，不禁勃然怒道：「你深夜喬裝入宮，不管是何居心都是逾禮違法、居心叵測之舉，不嚴懲不足以警醒後人。」說著，他轉向皇帝一拜，「請聖上將這膽大妄爲之徒推出午門斬首示眾，以正法紀！」

李亨不禁有些爲難，雖然他對李輔國幾乎言聽計從，但也知道任天翔平定叛亂的功勞，若因這點小事就將之處死，實在是有些說不過去。

他正在爲難，突見一太監氣喘吁吁地前來稟報：

「不好了！太上皇……太上皇……駕崩了……」

李亨先是有些意外，跟著悲從中來，想起父親晚年鬱鬱寡歡，臨終前竟沒有一個親人在身邊相送，他心中深感內疚，一口氣沒喘過來，竟當庭暈了過去。眾人急忙叫太醫相救，朝堂上一時混亂不堪，眾太監急忙將之抬入後宮診治，朝會也因之而散。

朝堂上的混亂救了任天翔，沒人再顧得上追究他私闖禁宮之事。隨著惴惴不安的朝臣出得玄武門，他心中沒有一絲慶幸，只有對朝政的擔憂和莫名的心灰意懶。回到府中沒多久，太上皇駕崩的消息就傳遍了京師，任天翔想起與他的恩怨情仇，心中不禁感慨萬千。

回到府中沒多久，就有門房通報，有一青衫文士求見。任天翔見拜帖上的名字是「修冥陽」，卻始終想不起在哪裡見過，待見到對方，才想起當年在潼關哥舒翰軍營中，正是這文士鼓動哥舒翰造反，從潼關帶兵回京勤王。

他心中暗自警惕，正待細問，對方已先一步拜倒在地，誠懇道：「在下是受主上差遣，特來告訴公子，本門早已虛位以待，等候公子榮登門主之位。」

任天翔頓時醒悟：「你果然是千門中人？」

修冥陽坦然道：「在下師承鬼谷子一派，爲千門嫡傳弟子。」

任天翔想起與司馬承祥的約定，要想做門主，必須先爲他們除掉一人。他眼中閃過一絲決斷，沉聲道：「請修先生回覆你家主人，就說所謀之事克日即成，請你家主人放心。」

修冥陽關切地問了句：「需不需要本門弟子暗中協助？」

任天翔搖搖頭：「不敢勞動先生大駕，我自己能搞定。」

待修冥陽離去後，任天翔一聲輕呼：「來人，備馬，隨我去辦件大事。」

就在修冥陽密見任天翔的第二天夜裏，李泌的府邸突然失火，所有下人都逃了出來，卻沒見到李泌的身影，有人說他已在火場中喪生，也有說他已得道成仙，借火而遁，總之，從這場大火以後，人們再也沒有見到過他，他就這樣憑空消失，再無音訊。

朝中因太上皇駕崩、聖上病倒，也沒有人關心李泌的下落，不過有人卻是對李府的失火十分關心。第二天一早，就有道門高人司馬承禎專程查看了李府失火的現場，詢問了逃出火場的李府家人。李府的家人都說，主人早就宣稱他已修道成仙，遲早會借火飛升，眾人只當他是信口開河，沒想到竟然一夜成真了。

「李府的火災，是你幹的？」假扮司馬承禎的司馬承祥立刻召見了任天翔，一見面就問到最關心的問題，他當然不會相信什麼借火飛升的鬼話，所以最大的可能自然就是任天翔了。

「我什麼也沒幹，只是跟李長史探討了一下道家得道飛升的一些奇聞秘事！」任天翔狡黠一笑，不過表情已暴露了他心底的隱秘。

司馬承祥心領神會地笑了起來，李泌近年來爲了免遭朝中權宦的猜疑和迫害，故意裝成癡迷道學、無心爭權奪利的世外高人，並多次以潛心修道爲名向皇上辭行，都被皇上挽留了下來，這在京中幾乎人所共知。以道門傳說令李泌消失，這果然是個令人叫絕的奇思妙想，令司馬承祥也暗自讚許。

他點頭笑道：「不管李泌是如何得道飛升，總之他是消失了，再不會管這凡塵中俗事。照約定，咱們該奉你爲千門之主，不過，如何讓所有千門弟子都承認你是千門之主，這卻是有些困難啊。」

任天翔笑道：「這事是不容易，不過真心要做，卻也不算太難。」

司馬承祥眉梢一挑：「哦？要如何做才算不難？爺爺倒是誠心想要請教。」

任天翔胸有成竹地笑道：「造神！」

「造神？」司馬承祥皺起眉頭，「如何造神？」

任天翔淡淡笑問：「爺爺可還記得，《史記‧留侯世家》中記載，留侯張良邂逅黃石公的故事？講的是什麼？」

司馬承祥點頭道：「記得。講的是張良邂逅千門隱士黃石公，傳他《太公兵法》的典故。」

任天翔又問：「爺爺是否又記得《戰國策》中記載，鬼谷子門下弟子孫臏與龐涓因何爲仇？他們在爭什麼？」

司馬承祥沉吟道：「他們是另一個千門隱士鬼谷子的門人，爲爭奪鬼谷子所著之兵書《鬼谷子》而相互攻伐，最終龐涓被孫臏所殺。」

任天翔笑道：「不對，其實他們爭的是這個，幾百年後黃石公傳張良的也是這個。」說著，任天翔從懷中拿出一冊古舊的羊皮古卷，雙手捧著遞到了司馬承祥面前。

就見那古卷樣式古樸，幾乎殘破不堪，看起來比千年前墨子的遺作還要古舊，其上有四個鐘鼎文的古篆大字——《千門秘典》！

「這是什麼？」司馬承祥小心地接過古卷，翻開第一頁，就見其上寫著兩列鐘鼎文的小字：人，既無虎狼之爪牙，也無獅象之力量，卻能擒狼縛虎，馴獅獵象，無它，唯智慧耳。

「這是傳自千門始祖大禹、由千門門主一脈相傳的千門最高秘典。」任天翔肅然道，「當年孫臏與龐涓爭奪的就是這個，黃石公傳張良的也是這個。人稱《千門秘典》，得之可謀天下！」

司馬承祥神情微震，小心翼翼地翻開第二頁，疑惑；翻開第三頁，不解；翻開第四頁，頓悟……最終他合上古籍，打量著封面上的字讚道：「這做舊的功夫，差點讓老夫都走眼了，要當成千年前的古物騙過行家不容易，但是騙過一般人足夠了。」

他若有所思地望向任天翔，遲疑道：「你是想以這個來確立門主的神秘地位？讓千門弟子相信你是傳自始祖大禹的嫡傳弟子？」

「當然不止這些。」任天翔說著，又從懷中拿出一個錦囊，打開一看，卻是幾枚古舊的扳指，他拿起其中一枚肅然道，「千門秘技傳天下，門下八將亦流芳。這是當年追隨千門始祖大禹謀奪天下的千門八將之信物，他們分別是正、提、脫、反，風、火、除、搖，並以赤橙黃綠青藍紫黑八色扳指爲記，其中門主則以這枚白色瑩石扳指爲信物。」

任天翔說著，將那枚白色瑩石扳指戴在自己手指上，然後對司馬承祥笑道：「我相信爺爺必定能找到另外的千門八將。」

司馬承祥眼中終於閃過異樣的神色，連連頷首讚道：

「高！實在是高！有了這個傳說和這些信物，從今往後一盤散沙的千門，都將聚集到門主的身邊，成爲一個真正的秘傳流派，擁有翻雲覆雨、改天換地的力量！」

二人俱是絕頂聰明之人，許多話不必點破也能心領神會。司馬承祥將《千門秘典》還給任天翔，然後仔細收起那些扳指道：「我會即刻令門人弟子廣播流言，將門主打造成神話，再爲你找到八個千門高手做八將，定讓千門從此成爲與儒、釋、道諸門實力相當的秘傳流派，如此一來，天下大事指日可待！」說到這，司馬承祥話鋒一轉，「不過你得抓緊爲千門，也爲你自己除掉第二個目標，待到天下大亂、群雄並起，千門才有翻雲覆雨、一飛沖天的機會。」

任天翔頷首笑道：「爺爺儘管放心，孫兒知道該怎樣做。」

司馬承祥關切地問：「需不需要本門弟子幫忙？」

任天翔笑道：「需要的話我會開口，屆時還望爺爺不吝援手。」

司馬承祥呵呵笑道：「沒問題，待咱們祖孫聯手，再造一個司馬家的盛世天下！」

沒過幾天，便有「千門秘典，得之可謀天下」的流言傳遍京師，更有千門門主發召集令之說傳遍江湖，各地千門中人聞訊而來，皆在相互打聽《千門秘典》和千門的傳說，許多人做了一輩子老千，還從來不知道千門有這麼大的來歷，自己與古代的智者竟有如此深遠的淵源。當然，更多的人是想知道，誰是新一代的千門門主，誰又是傳說中的千門八將。

就在太上皇李隆基駕崩沒幾天，一個流言在千門弟子中間傳遍——秘典出世，千門重輝！秘典自然就是指傳說中可謀天下的《千門秘典》，千門重輝自然就是說千門即將重現往日的輝煌。這流言令千門弟子興奮不已，他們已被歷史遺忘得太久，終於可以重現往日的輝煌了。

在任天翔的指點和司馬承祥的安排下，在李隆基駕崩的第十三天，得到消息的千門弟子不約而同來到京郊的香積寺，在這裏一睹傳說中可謀天下的千門最高秘典，以及那從未露過面的千門門主。

得益於司馬世家的努力，前來與會的千門弟子都知道了千門的傳說和來歷，以及神聖的秘典和門主信物，不過，也還有不少人卻抱著將信將疑的態度，甚至懷著不可告人的目的。

隨著約定時間的臨近，聞訊而來的千門弟子擠滿了香積寺的大殿，看看天色不早，不少人開始不耐煩的鼓噪起來：「咱們都是衝著《千門秘典》而來，既然大家都到得差不多了，此間的主人是不是讓咱們先開開眼界？」

「對了，此間的主人究竟是誰？」有人高聲在問。

大殿中有十多名白衣男子負責接待眾人，雖然不知其底細，但看其舉止氣度，顯然皆是出自世家望族，非尋常江湖草莽可比。尤其以琴、棋、書、畫爲名的四個男子，聽名號似乎只是家將或奴僕輩，但是舉手投足間那種雍容氣度，竟將許多世家子弟也給比了下去。

僕人已是如此，主人可想而知，人們揣測這主人一定與傳說中的千門門主有著極深的淵源，甚至可能就是千門門主本人，因此人們對他的好奇，一點也不亞於神秘的千門門主。

「大家稍安勿躁，」一個青衫文士由內堂緩步出來，看其舉止氣度，顯然比琴棋書畫四人地位略高，就見他面帶微笑，對殿中眾人團團一拜，「咱們還在等千門八將，待千門八將到齊後，此間的主人自然會與大家一起恭迎門主駕臨。」

眾人不禁議論紛紛，相互打聽誰才是千門八將，就在這時，突聽門外負責通報的弟子高聲在呼：「千門八將到！」

眾人循聲望去，就見八個高矮胖瘦不一的男女，由門外大步而入，領頭的老者神情倨傲，進門後也不與眾人招呼，只冷冷盯著前方的青衫文士道：

「咱們千門八將蟄伏多年，一直在等待著傳說中的門主降世，不過咱們八將歷代先輩，等到的多是假冒門主之名招搖撞騙的騙子，對於這種敢在咱們八將面前班門弄斧的無知之徒，咱們從來不會心慈手軟。」

青衫文士拱手笑答：「所以咱們主人才特意請八將出山，親自驗驗這個門主的真假。」

眾人聞言不禁相互打聽，不過大多數人卻都不認識什麼千門八將，便有大膽者替眾人喝問：「你們自稱千門八將，不知有何憑證？」

八人先後亮出了手上的扳指，但見扳指分為赤橙黃綠青藍紫黑八色，看其樣式成色皆十分古舊，顯然是千年前的古物。

不過，依然有好事者不屑道：「千門八將以八色扳指爲憑，作爲千門的八個分支秘傳千年，這傳說雖然有鼻子有眼，但這扳指，千門中人大多沒有見過，誰知道真假？除了這扳指，不知還有什麼可以證明你們八將的身分？」

領頭的老者冷冷問：「你想要怎樣證明？」

那好事者冷笑道：「既然是千門八將，想必對本門的手藝早已練得爐火純青，不知可否露上一手，讓咱們這些沒見過世面的同門後輩開開眼？」

這提議得到眾人的一致擁護，紛紛鼓噪叫好，領頭的老者待呼聲稍平，才淡淡道：「既爲八將之尊，出手的注碼就決不能小，你輸得起嗎？」

那好事者笑問：「不知要多大的注碼，才能一睹八將的風采？」

老者將對方上下打量了一眼，淡淡道：「如果是你，至少得賭上一隻手。」

此言一出，四周唯恐天下不亂之輩自然又是一陣鼓噪起鬨，令那好事者無法服軟認輸，那人被逼不過，憤然道：「賭就賭，爺爺今天就領教一下千門八將的手段，如果你們輸了，就得從這門裏爬出去，從此不得再自稱千門中人。」

說著，他指向了老者身後一個嬌滴滴的小姑娘，「我跟她賭，老子輸了就給她一隻手，她要輸了，我也不要她的手，只要她脫了衣服給大夥兒飽飽眼福，敢不敢賭？」

聽到這樣的賭注，眾人更是亢奮，紛紛起鬨鼓噪，就見那嬌滴滴的小姑娘毫無羞澀地越眾而出，對那人嫣然笑道：「好！我跟你賭，賭注由你定，賭法也由你選。」

就在眾人於大殿中擺開戰場一決高下之際，任天翔也隱在殿後注視著大殿的情形。

他知道所謂千門八將，不過是司馬承祥找來的八個千門高手，甚至他們的對手都可能是事先安排的托兒，他們是這場造神運動的棋子，目的是烘托門主的手段和神秘，他們將替自己這個門主打發所有挑戰者，以真功夫令所有千門中人折服，然後他們再敗在自己這個門主手中，帶頭向自己臣服，如此一來，千門中人誰還敢懷疑自己的來歷和本事？所謂神話，通常就是這樣誕生的。

由於事先已跟高名揚和柳少正等官場的朋友打過招呼，任天翔不擔心這場江湖聚會會被官府的人打攪，至於江湖上那些不相干的人，自有洪勝堂的人應付，總之，能對自己構成威脅的人，不會有機會來到這個現場，所以他有信心演好千門門主這個新的角色。

接下來的發展正如司馬承祥安排的一樣，千門八將以極其高明的手法擊敗甚至震懾了在場所有的人。看來為了安排這一局，司馬承祥下了不小的功夫，幾乎調動了司馬世家所有的高手，現在，該任天翔出場了。

在「恭迎門主」的高呼聲中，任天翔在司馬承祥陪同下施施然出來。眾人一見之下均十分詫異，二人一個身著道袍，儼然就是道門高人司馬承禎；另一個則是當年長安城有名的紈褲，認得的人不在少數。兩人誰都不像是千門門主，眾人不禁小聲打聽：

「這不是司馬道長和任天翔那紈褲麼？他們怎麼也來了？」

眾人正在詫異，就見青衫文士已搶前兩步向二人請安，聽他稱司馬道長為「主上」，稱任天翔為「門主」，眾人更是驚詫：難道他們也都是千門中人，任天翔就是那神秘的千門新一代門主？

「道長，你不是道門高人麼？怎麼又成了神秘莫測的千門中人？」有人小聲問。

「貧道公開身分是道門弟子，」司馬承祥模仿司馬承禎的神態語氣淡淡道，「但真實身分卻是千門世家的家主，也是專門負責挑選和培養千門門主的千門隱士。貧道隱忍五十餘年，終於為千門找到一位不世出的門主人選，司馬世家的使命終於完成，老夫也就無需再隱瞞身分，因此特召集所有千門流派弟子齊聚香積寺，共拜新門主，並在他的帶領下重整千門雄風，讓所有弟子都能在這亂世中大展宏圖。」

「他不是義門中人麼？怎麼又成了千門門主？」有人質問。

「因為，他勘破了千門最高秘典，」隨著司馬承祥的手勢，修冥陽立刻將那部假造的

《千門秘典》恭恭敬敬地捧了上來，就見司馬承祥雙手接過，高舉過頭道，「這部秘典乃是由歷代千門門主秘傳，只可惜後來因本門變故，它的奧秘在數百年前就已失傳，司馬世家歷代隱士，均未能勘破其中奧秘，所以千門一直沒有真正的門主，直到任公子橫空出世，不僅在老夫的培養下繼承了千門絕技，更勘破了這部秘典的全部奧秘，可見這是冥冥中的天意，注定他就是新的門主人選。這部秘典也將由他保存，成爲千門門主代代相傳的信物。」

眾人心中都有疑問，尤其以千門八將爲首的眾多高手，對任天翔做千門門主都不服，眾人先後上前向任天翔挑戰，當然，所有有機會挑戰任天翔的人，都是司馬承祥事先安排好的人選，他們一個個敗在任天翔手上。

眾人見方才還神乎其技的千門八將，在任天翔手下竟然沒有一絲獲勝的希望，對任天翔的態度漸漸從懷疑到敬佩，最後竟到佩服得五體投地的地步，一個新的神話在司馬承祥和眾多千門高手的安排配合下，終於在這偏僻的香積寺中誕生。

由於早已知道結果，任天翔對這場戲顯得有些意興闌珊，他努力配合司馬承祥將這齣戲演好，不過目光卻時不時地望向廟外，似乎在焦急地等待著什麼。

就在他率大家敬拜大禹，戴上白色扳指登上門主之位時，他的嘴邊終於閃過一絲如釋重負的微笑。

這沒有逃過司馬承祥銳利的目光，他順著任天翔方才的目光望過去，立刻就發現了一張稚氣未脫的新面孔，那少年不知是什麼時候溜進廟中，又對任天翔做了什麼手勢。不過司馬承祥什麼也沒說，依然若無其事地照著計畫，將這齣戲按部就班地演完。

當聚會結束，任天翔終於離開眾人視線回到後殿，忍不住對司馬承祥笑道：「爺爺，有件事我忘了告訴你。」

「什麼事？」

「就在你調動所有門人弟子演這齣大戲的時候，義門弟子在季先生率領下，已潛入司馬世家的祖屋，找到了被關押在密室中的司馬道長和我娘，這會兒我娘多半已經跟小薇相認，她們母女分別這麼多年終於團聚，那場面一定非常感人。」任天翔臉上露出了開心的微笑。

司馬承祥對任天翔的話似乎並不怎麼意外，只淡淡道：「我知道。」

「你知道？」任天翔對司馬承祥的反應有點意外，忍不住問，「你還知道什麼？」

司馬承祥拍拍任天翔肩頭，悠然笑道：「爺爺知道你早就暗中派出義安堂和洪勝堂弟子，幾乎將長安城查了個遍，想要找到你伯爺和你姑媽的下落；爺爺還知道你說服李泌，讓他故意失火隱匿起來，造成被殺的假象；爺爺知道你將千門所有高手調到這郊外，就是要借我府中空虛之際強行救人。你的計畫非常巧妙，只是有一個問題。」

「什麼問題？」任天翔只感覺嘴裏發苦，渾身無力，幾乎就要癱軟倒地。

「就是早已被爺爺看穿。」司馬承祥悠然笑道，「棋道上有個最根本的原則，就是再高明的手段，如果被對手事先看穿，無論怎麼走都是臭棋。」

「可是，」任天翔還是有些不解，「方才小澤告訴我，司馬道長和我娘已經被救出啊，難道小澤誤傳消息？」

「你收到的消息沒錯。」司馬承祥笑道，「我並沒有說不讓你救你伯爺和你姑媽，我拿他們來要脅你都沒有用，那麼就算殺了他們又有什麼用呢？他們畢竟是我至親之人，若不是情非得已，爺爺又怎麼下得了手？」

「可是……」任天翔欲言又止，心中被一種巨大恐懼籠罩：司馬承祥明知自己在暗中策劃營救司馬承禎和司馬蓉，卻裝不知道配合自己演戲，說明他在進行一個更大的行動和陰謀，爲了這陰謀和行動不被義門識破和破壞，他便以司馬承禎和司馬蓉爲餌，將義門的人手和注意力全都吸引了過去！義門在救出司馬承禎和司馬蓉之時，也失去了挽救那人的機會。

看到任天翔眼中那痛悔之色，司馬承祥慈祥地拍了拍他的肩頭：

「你猜對了，大唐王朝只有兩個人令爺爺擔心，這兩個人你都幫爺爺除掉了，你哥哥終於有了東山再起的機會。李泌雖然沒死，但裝神弄鬼離開了權力中樞，要想再發揮原來的作用那是千難萬難，這跟死也沒多大差別。你真是爺爺的好孫子，你可以繼續做你的千門門主，除了司馬世家的所有千門弟子，都將聽從你的號令。」

司馬承祥在哈哈大笑聲中飄然而去，香積寺轉眼又恢復了往日的平靜。任天翔失魂落魄地來到廟外，對等在門外的小澤和任俠低聲吩咐：「走！」

見任天翔神情有異，任俠關切地問：「怎麼了？咱們大功告成，公子應該開心才對。」

任天翔勉強一笑：「是啊，咱們總算救出了司馬道長和我娘，我應該開心才對。」

眾人隨任天翔回到長安，剛進城門就發覺氣氛有異，盤查異常嚴格。回到任府，與司馬承禎和司馬蓉重逢的喜悅，被心中的擔憂完全沖淡。任天翔令人分頭去打探，才知最擔心的事終於發生——宮中發生政變，張皇后和兩個王子被殺，皇上被活活氣死，李輔國統領禁軍控制了大局，扶太子李豫登上了皇位，現在整個大唐帝國，都落入李輔國和魚朝恩這些閹人手中，文武百官人人自危，就是王子公主也是朝不保夕，任李輔國予殺予奪。

京中的混亂持續了一個多月，受張皇后和兩個士子牽連被誣謀反的大臣不計其數，直到李輔國徹底消滅異己，這混亂的局勢才漸漸得以平息。不過，此時滿朝文武人人自危，哪還顧得上朝政？前方將士聽聞長安生變，也都人心惶惶，那還顧得上平叛？原本朝夕覆滅的史朝義，竟奇蹟般得到了喘息之機。

任天翔通過多個管道打探，才大致知道了政變的經過。原來自太上皇李隆基駕崩後，李亨也一病不起，朝中大權落到張皇后和李輔國手中。張皇后與李輔國原本是狼狽為奸的朋黨，但此刻卻因爭權奪利反目為仇，張皇后欲聯合太子李豫除掉李輔國，誰知膽小的李豫優柔寡斷沒有答應，張皇后只好轉而聯絡越王李係，並許以太子之位為餌。二人一拍即合，密謀假傳聖旨召李輔國和太子李豫進宮，然後埋伏高手在宮中將二人做掉。

張皇后的計畫也算周密，膽色也不輸男子，只是她沒有算到李輔國還有一個秘密的盟友，那就是一直隱於幕後的千門隱勢力，所以李輔國事先得到了消息。於是他先一步向李豫告狀，說張皇后與越王李係意圖謀反，說動太子出頭平叛。李豫在他的脅迫下，不得已帶禁軍進宮，並借太子之名叫開宮門，然後率禁軍一擁而入，將越王李係斬殺當場，爾後李輔國又親自提劍闖入皇帝寢宮，將張皇后生生拖出寢宮縊死。

李亨此時臥病在床，見李輔國如此猖獗，竟然當著自己的面以下犯上殺戮皇后，又驚又氣，當天夜裏便一命嗚呼。李輔國見自己最怕的舊主已經駕崩，從此再無顧忌，他先假傳聖旨，稱張皇后、越王李係和兗王李僩合謀造反，即刻處死，他們所有親信也都一同處斬。然後扶太子李豫在皇帝靈柩前繼位，並以擁立太子、平定叛亂之功晉兵部尚書兼御林軍統領，之後又被李豫尊為尚父，成為權傾朝野的第一人。

李輔國發動政變這天，正好也是任天翔成為千門門主的那天，這肯定不是巧合。任天翔知道這背後一定是司馬承祥的安排，也許張皇后與李輔國的反目、甚至皇上不明不白的暴斃，都是出自這位千門隱士的精心佈局和巧妙安排，所以他才要將義門高手的注意力都吸引到營救司馬承禎和司馬蓉上，以免壞了他的大事。

如今李泌假死，皇上暴斃，平定戰亂的計畫不得不暫停下來，司馬承祥這一步險棋，為司馬瑜贏得了寶貴的轉機，任天翔和李泌苦心孤詣早日平定戰亂的願望，又因這次政變轉眼成空。

望著窗外萬家燈火，耳邊聽著街坊四鄰那隱約的歡聲笑語，任天翔心中既懊惱又痛悔，恨自己低估了司馬承祥這樣一個千門隱士的心機和實力，他心中甚至開始痛恨自己本來的姓氏——這天下百姓，又有多少人會因司馬一族的野心和欲望，再次面臨永無休止的戰亂？

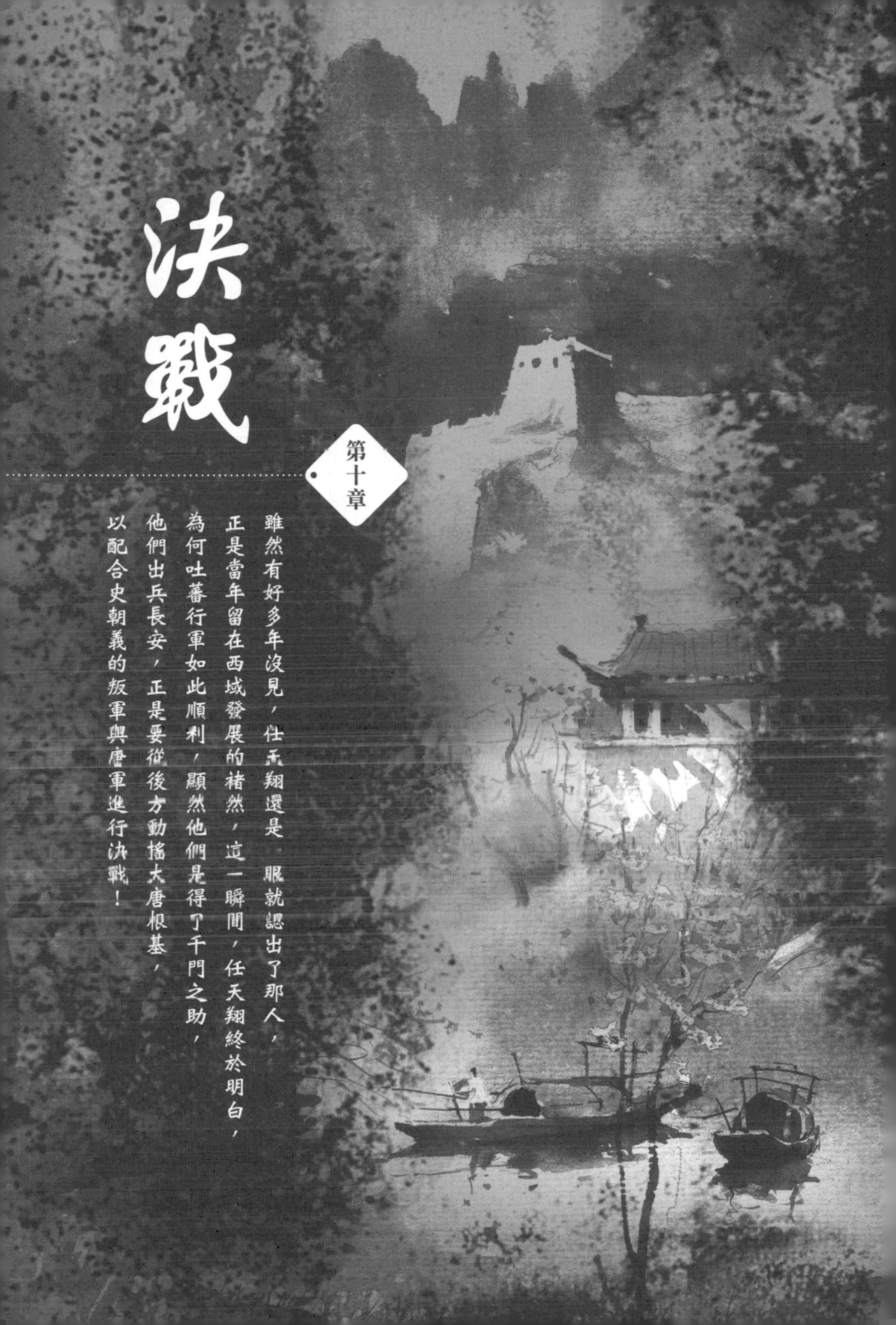

第十章

決戰

雖然有好多年沒見，任天翔還是一眼就認出了那人，
正是當年留在西域發展的褚然，這一瞬間，任天翔終於明白，
為何吐蕃行軍如此順利，顯然他們是得了千門之助，
他們出兵長安，正是要從後方動搖大唐根基，
以配合史朝義的叛軍與唐軍進行決戰！

茶湯在雅室中散發著嫋嫋的馨香，令人心曠神怡，一隻白皙如玉的手拈起紫砂壺，將茶湯徐徐傾倒入兩隻品茗杯。見對面的任天翔神飛天外，斟茶的人提醒道：「剛沖泡的新茶要趁熱品嘗，不然就辜負了貧道這番心血。我可是跟著陸羽學了好久，才勉強掌握這沖茶的水溫和火候。」

任天翔從虛空中收回迷茫的目光，望向對面的道士問道：「現在李輔國已徹底把持了朝政，朝中再沒有誰可以制約，你就一點不擔心？我真不該要你借火假死，不然，朝中至少還有你可以與李輔國相抗。」

那道士拈杯嘆道：「咱們都低估了對手，致使朝中意外生變，先帝也因之早逝，貧道這時就算留在朝中又能有多大作用？不過你也無需擔心，方才貧道為李輔國占了一卦，卻是個『亢龍有悔』。」

原來這道士打扮的傢伙，赫然就是失蹤多時的李泌，雖然現在的他渾身上下都透著仙風道骨，卻依然掩不去他眼中的深沉和睿智。

任天翔當然不信什麼占卦之詞，不過聽到「亢龍有悔」這話，心中一動，望向李泌問道：「李兄的意思是說，李輔國的末日也不遠了？」

李泌頷首道：「雖然太子是靠著李輔國之力登上帝位，但他並不是個任人擺佈之人，一旦局勢穩固，他與一向驕狂的李輔國就無法再共存。若僅憑他根基未穩的實力，要想除掉李輔國難度確實不小，不過如果有儒門、義門的幫助，就算李輔國身後有千門暗中支持，也難逃宿命。」

任天翔想起朝中不少文臣，皆是出身儒門，就算李輔國再怎麼狠辣，也無法將這些人全部肅清，只要朝中還有儒門弟子，李泌這個儒門門主對朝中的局勢就瞭若指掌。

見他如此自信，任天翔稍稍放下心來，卻又忍不住問：「那咱們現在應該做什麼？」

「等！」李泌只說了一個字。

「等？」任天翔遲疑道，「等什麼？」

李泌端起品茗杯聞了聞，淡淡道：「等李輔國自大狂妄到新皇帝也無法容忍的程度，便是咱們大顯身手之時。」

任天翔沉吟道：「李輔國會自己走到那一步？」

李泌成竹在胸地道：「一定會，李輔國只是個僥倖上位的小人，並不是曹孟德那樣的奸雄，要想挾天子以令諸侯，憑他的才能和根基還遠遠不夠。不過他卻沒有這點自知之明，這就是奸雄與小人的最大區別。」

見李泌說得如此肯定，任天翔不禁笑道：「那好，咱們就靜觀其變，只是如此一來，史朝義那廝就得到了寶貴的喘息之機，平叛大業又增添了不小的變數。」

事態的發展正如李泌預料，李輔國掃平政敵把持朝政後，越發驕狂無忌，將新登基的李豫也不放在眼裏，甚至要李豫安心在宮中享福，朝中大事交給他處置就行。這終於令李豫無法再容忍，於是暗示朝中儒門官吏，替他除掉李輔國。

得到新帝的默許，接下來的事就非常簡單了。李輔國最終在自己府中被刺殺，刑部和大理寺眾捕快始終找不到凶手，最終只能以盜賊謀財害命為由草草結案，從此李豫才真正掌握朝政，不再受人擺佈。

不過這已經是在半年以後，在這半年時間裏，李豫雖然借儒門和義門之力除掉了李輔國，使朝政重新回到正軌，但史朝義也沒有閒著。他先是派人除掉了自己的弟弟史朝清，徹底消除了這個最大的隱患，然後在司馬瑜建議下揮師南下，攻入了大唐帝國最後的糧倉江淮。

由於朝中生變，前方將士軍心動搖無心打仗，史朝義的勢力又慢慢壯大起來，加上又從范陽招來的精銳後援，史朝義大軍又恢復到十萬之眾，對動盪的大唐威脅也越來越大。李豫除掉李輔國平定後方後，也急於建功立業樹立威信，因此東征也就變得越來越迫切。

在登基小半年之後，李豫終於騰出手來發動東征。他以太子李適爲元帥，令郭子儀、李光弼、僕固懷恩等率兵會攻史朝義，十幾萬唐軍陸續聚集，史朝義則在橫水之濱擺下陣勢，欲與唐軍決一死戰。

蕭蕭橫水之畔，任天翔再次見到了司馬瑜，雖然僅隔了不過大半年，但見司馬瑜的鬢邊已染上了些微的風霜，人也像蒼老了十歲，可見這半年多來，他的辛勞超過了以往任何時候。

「收手吧，大哥！」任天翔輕輕嘆息，雖然明知無用，還是忍不住要做最後的努力，「爺爺雖然爲你除掉了當今大唐皇帝，但人力終究無法逆天，大唐朝廷的動亂也不過是給了你半年的喘息之機。百姓盼望和平已久，現在大唐上下一心，要一鼓作氣消滅史朝義平定叛亂，你再幫他負隅頑抗，也不過是螳臂擋車，不自量力。」

司馬瑜微微笑道：「咱們兄弟今日重逢，能否不談國事，只敘親情？我有好些年沒有見到爺爺了，他老人家還好吧？」

任天翔微微搖頭道：「他老了很多，尤其李輔國被殺、令他的陰謀破產之後，他就再也沒有振作起來，他知道司馬世家的夢想在他這一代又落空了，他已看不到任何希望。我希望你不要步他的後塵，爲了這個不切實際的夢想付出一生的代價。」

司馬瑜沒有理會任天翔的忠告，又問：「小薇還好吧？她跟她親生母親相認了麼？她對當年姑媽拋棄她還心懷怨恨麼？」

任天翔嘴邊露出一絲溫柔的微笑，搖頭道：「小薇是個心地善良的女孩，不會因爲當年的事就責怪母親，她們現在相處得很好，我答應在天下平定之後，給她補辦一個盛大的婚禮，到時候大哥一定要來。你不光是我的大哥，也是她最崇拜的哥哥。」

司馬瑜會心一笑：「那是一定，到時候，我會賜她一座城池和十萬戶封地作爲嫁妝，並爲你們的婚禮大赦天下！」

任天翔見司馬瑜幾乎快到山窮水盡的地步，依然不忘自己的夢想和目標，心中既是好笑又感悲涼。他微微頷首道：「那好，就讓咱們爲各自的目標繼續努力，早日實現各自的夢想。」

司馬瑜伸手與任天翔一擊，呵呵笑道：「咱們的夢想並不矛盾，待我打敗李唐奪了天下，這天下自然也就太平了。」

望著司馬瑜傲然遠去的背影，任天翔心中既悲涼又無奈。如此聰明絕頂的一個人，就因爲從小被灌輸了太多宏圖霸業的夢想，以至於到走火入魔的地步也無法自拔，這不僅僅是他一個人的不幸，也是全天下人的不幸。

任天翔默默回到住處，就見道士打扮的李泌迎了出來，關切地問：「怎樣？」見任天翔黯然搖搖頭，李泌拍拍他的肩頭，寬慰道：「你已做了自己能做的一切，剩下的就只有聽天由命了。」

「不是，」任天翔有些擔憂地自語道，「我只是不明白司馬瑜爲何會有一種強烈的自信，即便面對兩倍的唐軍和郭子儀、李光弼等名將，他依然不擔心會輸。這種自信完全不是驕狂或無知，而是有強大的力量在支持，我完全能感受到這點。」

李泌的神情頓時凝重起來，他不能忽視任天翔「心術」的直觀感受。他連忙吩咐一名儒門弟子：「將史朝義這半年來的行軍和戰事彙報全給我找來，越詳細越好！」

那儒門弟子應聲而去，很快就找來一大箱的戰報和地圖。李泌令人先將它們按時間順序排好，然後一篇篇讀了起來，任天翔見狀悄悄退了出去，他知道李泌一旦埋頭做事，必定是全神貫注心無旁騖，這或許就是天才與普通人的差別吧。

第二天一早，任天翔還在房中酣睡，就有儒門弟子親自來請。他迷迷糊糊地隨著那弟子來到李泌所住的書院，就見李泌蓬頭垢面雙目赤紅，顯然是一夜未睡。

「李兄一大早叫我來，莫非有什麼發現？」任天翔打著呵欠問道。

「你來看！」李泌將他拉到一幅巨大的地圖前，指著上面新畫上的箭頭和線路道，

「這是這半年多來史朝義部的行軍路線，這些標記是叛軍與唐軍發生交戰的州縣。半年來，叛軍大小打了十三仗，所有戰報我都查看過……」

「你就說有什麼發現吧。」任天翔打斷了李泌，他一看到那些技術性太強的地圖和箭頭就頭痛，所以直奔主題。

李泌肅然道：「史朝義部隊這半年來犯過一些戰略上的錯誤，但是卻從來沒有犯過戰術上的錯誤，他們沒有打過一場戰術上的敗仗，所有排兵佈陣都像是專門針對唐軍一樣精確。他們就像事先知道唐軍的部署，並依據這點制定出精確的戰術。」

任天翔不以為然道：「司馬瑜是個軍事天才，這對他來說並不是太難的事。」

李泌搖頭道：「戰爭是一種模糊的藝術，大戰略上也許可以做到不犯錯，但是在臨陣指揮的戰場上，完全不犯錯的根本就不是人，而是神。」

李泌的道理任天翔立刻就懂了，不禁疑惑道：「這說明什麼問題？莫非唐軍中有史朝義的奸細？」

李泌搖頭道：「跟史朝義作戰的不是一支部隊，而是各地節度使的十多支軍隊，他們不可能都有奸細私通史朝義。再說，許多臨場指揮，就是奸細也幫不上多大的忙。」

任天翔迷惑起來，皺眉問：「不是奸細那會是什麼？」

「我不知道。」李泌憂心忡忡地嘆道，「我還從來沒見到過這種情況，就像你面對的是一個可以看穿你內心的對手，你任何奇謀妙計和排兵佈陣都瞞不過他的眼睛，難怪這半年來，史朝義幾乎沒打過一場敗仗，所有唐軍叛軍面前都沒占到便宜。難怪史朝義敢在橫水之濱與遠多於自己兵馬的唐軍主力決戰。如果找不出叛軍百戰不殆的原因，恐怕這一戰對唐軍來說，依然是凶多吉少。」

任天翔心中一動，喃喃自語道：「有一個人，或許會知道司馬瑜百戰不殆的秘密。」

「誰？」李泌忙問。

「就是安祿山的女兒安秀貞。」任天翔答道。

話音剛落，就聽門外有義門弟子稟報：「公子，小薇姑娘讓你回去看望一個老朋友。」

「是誰這麼大的面子？竟然說動小薇派人來叫我回去？」任天翔不悅地問。

「小薇姑娘沒說，只說她姓安，是公子的紅顏知己。」

任天翔一愣，跟著興奮地一躍而起，失口驚呼：「天意！莫非這就是天意？」

匆匆回到住處，就見來人果然就是安秀貞。任天翔問起她別後的情形，才知史朝清被史朝義派人殺掉之後，她在薩滿弟子幫助下逃過了史朝義的糾纏，一直隱名埋姓在江湖流浪。她忘不掉司馬瑜的背叛和殺父之仇，所以一直伺機報復，得知唐軍與史朝義在橫水對峙，她便輾轉找到了小薇，並通過她找到了任天翔。

「司馬瑜之所以能百戰不殆，是因爲他有兩顆窺天珠。」安秀貞對任天翔道，「那是從墨子墓中得到的墨家奇物，被司馬瑜隱匿下來，後來又是被我發現其中奧秘。」

任天翔連忙細問，才知「窺天珠」是一種可以將遠處的景象拉近到眼前的神奇寶貝，司馬瑜借之窺探唐軍部署和排兵佈陣，有時比唐軍統帥還要清楚唐軍的兵力部署，難怪他多次面對唐軍優勢兵力，都能巧妙地以少勝多，以弱勝強。

任天翔嚇出了一聲冷汗，連忙將這情報告訴了李泌。李泌得知世上竟有「窺天珠」這等奇物，也是驚奇不已，對司馬瑜這半年多來指揮叛軍百戰百勝的奧秘也終於釋懷，司馬瑜能在極遠的地方就看清唐軍的陣法和部署，難怪面對唐軍近二十萬大軍，依然有充分的自信。

「想不到世上竟然有窺天珠這等奇物！」李泌嘆道，「墨家始祖墨翟，果然不愧是不世出的天才，他所製造的這些奇思妙想的寶物，任何一件都足以扭轉後世，甚至左右今日的戰局。」

任天翔頷首道：「不過，再高明的手段或奇物，一旦被人看穿，就徹底失去了它的奇效。以李兄之才，一定有辦法應付，甚至將計就計引司馬瑜上鉤。」

既然知道司馬瑜能夠憑窺天珠從遠處看到唐軍的排兵佈陣和兵力調動，自然也就可以用疑兵計或僞裝引他上當，因爲司馬瑜還不知道窺天珠的秘密已經被對手知曉，這原本是他最強的秘密武器，現在卻成爲了他最致命的弱點。

李泌頷首笑道：「不過這等令人不可思議之奇物，常人實在難以相信，還好郭令公在被先帝閒置多年之後，終得聖上信任，咱們立刻去找他，將司馬瑜的秘密先告訴他。」

任天翔知道李泌上次借火假死，已不便再輕易露面，不過，他跟郭子儀交情非淺，當年二人一個主外，一個主內，幫助李亨穩定了大唐局勢，已結成牢不可破的情誼，二人之間那種相互信任的關係，任何人也不可代替。二人連忙去往朔方軍軍營。

朔方軍自李光弼被調往江淮後，本是由僕固懷恩任節度使，只是僕固懷恩的威望尚不足以統轄全軍，而朔方軍因平叛日漸壯大，兵馬分散在河北、河南、朔方等廣袤的地域，便有功高驕橫的將領不將節度使放在眼裏，甚至犯上作亂殺害地方官吏，帶兵奪權，令朝廷震怒。於是新登基的李豫不得已才重新起用郭子儀，欲以他的威望整治朔方軍。

郭子儀也不負眾望，僅帶數百名親兵來到朔方軍，各地犯上作亂的將領便紛紛趕來請罪，郭子儀殺了首惡，這才將這股藐視朝廷、犯上作亂的風潮制止。所以朔方節度使雖然還是僕固懷恩，但全軍實際上已歸郭子儀指揮。

任天翔與郭子儀相交莫逆，朔方軍上下幾乎人人盡知，因此他沒費什麼周折就見到了郭子儀。而郭子儀見到道士打扮的李泌也是又驚又喜，問起緣由，才知李泌借火假死的秘密，這事原本稟告過先帝李亨，只是沒想到先帝意外身死，李泌的假死，朝中文武百官包括新登基的太子都不知情，因此他不能再以朝廷命官的身分露面，不然就會被別有用心的人說成是欺君。

得知司馬瑜百戰百勝的秘密是窺天珠，郭子儀自然是十分驚奇，怎麼也想不通兩顆簡簡單單的珠子，怎麼可能將遠處的景象拉近到面前？不過他知道二人俱是聰明絕頂之輩，對他們的話不敢有絲毫懷疑，急忙令人叫來僕固懷恩，讓僕固懷恩拜李泌爲軍師，聽從李泌的安排，將計就計反騙司馬瑜。

李泌對郭子儀的安排有些奇怪，忙問：「將軍不親自指揮這場大決戰？」

郭子儀嘆道：「老夫剛接到聖旨，要我即刻回京，朔方軍事，將交由僕固懷恩全權負責。」

任天翔聞言，不禁驚訝道：「大戰在即，聖上爲何要突然召回將軍？」

郭子儀摒退左右，這才低聲道：「兩位都不是外人，老夫也實不相瞞。吐蕃趁我安西、隴右兵馬東調平叛，西面兵力空虛之際，趁虛而入攻入大唐，佔領了鳳翔以西、鄜州以北十幾個州縣，先鋒甚至已威脅到京畿重地。聖上要老夫立刻帶兵回京，以抵禦吐蕃大軍入侵。但是現在各路大軍齊聚橫水，與叛軍遙相對峙，老夫一旦撤軍，必動搖軍心，致全軍不戰自潰。所以這消息萬不敢讓前方將士知曉，更不敢輕言撤軍。老夫正準備今夜秘密回京，與史朝義決戰之事，就只有拜託僕固懷恩與兩位了。」

李泌在地圖上找到鳳翔與鄜州，皺眉問：「吐蕃有多少人馬？領兵的是何人？」

郭子儀答道：「號稱是十萬大軍，領兵的是吐蕃名將札達路恭！」

李泌眉頭皺得更緊，望向郭子儀問道：「將軍孤身回京，憑什麼擊退吐蕃十萬大軍，尤其對手還是吐蕃第一名將，以驍勇善戰聞名天下的札達路恭？」

郭子儀無奈苦笑道：「先生也看到了，現在大唐二十萬大軍與史朝義決戰在即，老夫怎敢輕易帶兵回救京師？不說後撤會動搖軍心，就是現在二十萬大軍面對史朝義叛軍，也沒有十足的勝算，一旦分兵，也許就會兩面潰敗。所以老夫只好孤身回京，率京師留守兵馬阻擊吐蕃大軍，待大唐主力擊敗史朝義後，再回救長安。」

任天翔忙道：「既然橫水決戰如此重要，老將軍又豈能輕易離開？不如率大軍擊敗史朝義後，再回救京師不遲。」

郭子儀搖頭苦笑道：「聖上已下旨任命老夫爲關內副元帥，急召老夫回救長安，正所謂聖命難違啊。老夫只能不帶一兵一卒回京，既保橫水前線戰局，又不違聖令。還好橫水前線除了僕固懷恩，李光弼不日也將率江淮諸道兵馬趕到，有沒有老夫對戰局影響也不大。」

李泌對著地圖沉思良久，最終也無奈道：「這或許是最好的辦法了。」說著，他回頭望向郭子儀，「老將軍可以不帶一兵一卒，但是最好帶上一個人。」

「誰？」郭子儀忙問。

李泌望向了任天翔，笑道：「將軍忘了任公子曾經深入吐蕃多年，對吐蕃軍的瞭解超過了我們任何一個人。」

見郭子儀望向自己，任天翔苦笑道：「不錯，我曾在吐蕃參與過平叛，曾經與不少吐蕃將領並肩作戰，甚至還救過札達路恭的命。但是以我對吐蕃人的瞭解，在國家利益面前，私人的交情不值一提。」

李泌懇切地道：「我不是要你憑交情求吐蕃退兵，而是希望你幫助郭令公將吐蕃人打退。你對他們的瞭解，是唐軍最大的優勢，只是這樣一來，你與過去的朋友勢必要反目爲仇。」

任天翔毫不猶豫道：「我是唐人，凡侵我疆域者皆是我敵人。你放心，我不會對他們心慈手軟！」

「太好了！」郭子儀拍了拍任天翔肩頭，欣然道，「老夫正愁孤掌難鳴，今有任兄弟助我，吐蕃大軍何足懼哉？」

當天夜裏，任天翔與郭子儀向李泌和僕固懷恩道別，李泌望向夜幕籠罩的西方，對任天翔和郭子儀拱手道：「後方，就拜託兩位了！」

二人點點頭，郭子儀望向自己的愛將僕固懷恩，有些遺憾又有些傷感地道：「老夫自天寶十四年即率朔方軍與范陽叛軍作戰，歷時七年有餘，眼看勝利在望，卻不能親自指揮這最後的決戰。僕固懷恩，看你的了！」

僕固懷恩連忙拜倒在地，哽咽道：「老令公放心，末將定不辱朔方之威名！不殺叛賊史朝義，誓不還師！」

郭子儀點點頭，接過兒子郭曜遞來的馬韁，在兒子的攙扶下翻身上馬，對李泌和僕固懷恩擺擺手，然後縱馬向西疾馳，任天翔率義門眾士緊隨其後，連夜直奔長安。

雖然郭子儀與任天翔不敢稍有耽擱，幾乎日夜不休連續趕路，但當他們趕到潼關之時，長安已為吐蕃大軍攻破的消息就已傳來。吐蕃大軍進軍之速，超過了所有人的預料，札達路恭不僅驍勇善戰，而且膽大心細，看準了唐軍主力不敢回撤援救長安，因此不惜孤軍深入大唐腹地，幾乎沒費多大功夫就打到長安城下，長安守軍幾乎不戰自潰，李豫連忙帶百官逃往陝郡，大唐帝都竟被吐蕃大軍一舉攻破。

郭子儀沿途招納敗退的唐軍散卒，眾敗軍見郭子儀親至，精神都是一振。郭子儀自范陽叛亂初起時就領兵作戰，在與范陽叛軍的作戰中，幾乎是百戰百勝，在軍中威望近乎是不敗的軍神，所以敗退的唐軍紛紛聚集到他的旗下，當他趕到長安附近，已得四千多兵馬，對外號稱四萬，並令人製作了新的帥旗，一直西進到長安郊外，才令將士安營紮寨。

雖然郭子儀用兵如神，但以四千迎擊吐蕃近十萬大軍，無疑也是難如登天。遙見長安城中不時有火光沖天而起，顯然吐蕃大軍正在城中燒殺擄掠，郭子儀不禁心急如焚，想要儘快收復長安救民於水火，卻又兵微將寡，難以如願。

而任天翔也因小薇和母親俱在長安，不知下落生死，心中更是憂心如焚，他對郭子儀建議道：「俗話說，知己知彼百戰百勝，請老將軍允我混入長安打探軍情，聯絡失陷在城中的義門弟子和長安守軍，裏應外合，配合將軍收服長安。」

郭子儀沉吟道：「老夫雖然急需知道長安的情況，但是此時城裏一片混亂，吐蕃大軍正在城中擄掠燒殺，公子這一去十分凶險，老夫怎能放心得下？」

任天翔道：「郭帥忘了我在吐蕃生活過一段時間，不僅精通吐蕃語言，而且熟悉吐蕃人的習慣和秉性，只需給我搞幾套吐蕃人的衣衫，咱們扮成吐蕃人混入城中完全沒問題。何況，我這些兄弟，個個都有不錯的身手，又都是老長安人，就算萬一被吐蕃人識破身分，在城中藏匿起來也很容易。」

郭子儀見識過義門弟子之一小川的本事，心知任天翔所言不虛，他終於點頭道：「好！我讓人去弄吐蕃人的衣衫，公子此去只是刺探軍情、聯絡城中將士，千萬莫暴露自己身分。」

部下很快就送來幾套吐蕃人的衣衫，任天翔與郭子儀約定了相互溝通和聯絡的信號，便帶著褚剛、任俠、小川等義門之士上路。幾個人抹黑臉頰和皮膚，打扮成吐蕃遊騎的模樣，大搖大擺地混入了長安城。

任天翔與褚剛精通吐蕃語，熟悉吐蕃人的習性和生活習慣，甚至對吐蕃軍制也十分瞭解，所以遇到盤查也輕鬆就應付過去。其他人雖然不懂吐蕃語，不過經任天翔臨時教會幾句應急的短語後，也都能蒙混過去。

任天翔帶著義門眾士進得城門，立刻直奔任府。沿途但見百業凋零，房屋破敗，人跡稀疏，偶爾看到幾個百姓，也都如受驚的老鼠般躲在陰暗的角落，看到吐蕃人過來就「呼啦」一下驚慌逃開。

眾人來到任府，但見府邸早已有吐蕃重兵把守，即便是吐蕃將士也不得擅入。任天翔想找鄰居打探府中情形，誰知走了兩條街，也沒遇到一個可以問話的活人。

任天翔正有些沮喪，街角隱蔽處突然探出幾根帶著倒鉤的長竿，鉤住了他胯下坐騎的小腿，戰馬吃痛不過，嘶叫著將任天翔從馬鞍上摔了下來。就見幾個衣衫襤褸的乞丐從隱蔽處閃身而出，舉著刀就向任天翔和幾個義門墨士砍來，杜剛連忙打倒了衝在前面的兩個乞丐，任俠則閃身護住落地的任天翔，將幾個衝上前的乞丐逼退。誰知其他乞丐並不畏懼，依然悍不畏死地往前猛衝。

褚剛見一個乞丐躲在眾人身後指揮，忙以龍象般若功開路，衝到那領頭的乞丐跟前，正要一刀將之砍翻，卻聽任天翔在身後輕呼：「等等！」

褚剛的刀停在了那頭領的脖子上，那頭領沒料到褚剛的刀如此之快，臉都嚇白了，眾乞丐見頭領脖子已在褚剛刀下，也都不敢妄動，雙方一時僵持不下。卻聽任天翔驚喜道：

「原來是周通大哥？」

那頭領一愣，對著任天翔仔細看了半天，終於欣喜地叫道：「是任公子！」

任天翔忙示意褚剛收起刀，上前拍著周通的胸口笑問：「周兄這是玩的哪一齣啊？你不是在軍中效力麼？怎麼又做回了乞丐？」

周通不好意思地嘿嘿陪笑道：「我原本是在城防軍中效力，誰知吐蕃大軍到來，城防軍不戰自潰，主將丟下咱們跟皇上跑路了。我想俺滾地龍好歹在長安有點名號，就這樣不戰而逃，實在是不甘心，就帶著幾個弟兄留了下來。為了不引人注意，咱們便都混在我原來的兄弟中間扮成乞丐，趁著吐蕃人落單之時就弄他一傢伙，沒想到這次竟撞到公子手裏，讓公子見笑了。」說著連忙示意眾人，「這是俺兄弟任天翔，大家快來拜見！」

「任天翔？哪個任天翔？」幾個扮成乞丐的城防軍小聲問。

「這世上難道還有第二個任天翔？」周通驕傲地道，「當然就是名滿天下的義門門主，俺周通的好兄弟任天翔！」

眾人一聽，自然又驚又喜，紛紛上前拜見，敬仰之情溢於言表。

任天翔巧遇熟悉長安的地頭蛇周通，也是大喜過望，問起長安的情形，才知皇上三天前就逃了，吐蕃人兩天前就輕易攻入城中，燒殺擄掠無惡不作。守軍大部分逃了，不過也有少數像周通這樣的長安本地人，他們或不忍丟下親朋獨自逃命，或想借混亂發點小財，就悄悄留了下來，他們大部分扮成百姓隱於城中，只有少數有血性的漢子像周通這樣，利用對地形的熟悉，抽冷子收拾小股吐蕃人，為死難的親友報仇雪恨。

任天翔聞言忙問：「城中還有多少像這樣留下來的兄弟？還有我義門義安堂和洪勝堂兄弟，周兄能不能聯絡上他們？還有這任府中的人，周兄可有他們的下落？」

周通沉吟道：「像這樣留下來的守城軍兄弟，我想總有三、五千人吧，義門我不清楚，不過，我可以發動丐幫的兄弟幫任公子打探。至於這裏，我知道是任兄弟的府邸，所以城防守將不戰而逃之後，我就第一時間派兄弟來通知了府上，讓他們儘快出城避禍，所以任兄弟的家人應該不會有事。」

「多謝周兄大恩！」任天翔長舒了一口氣，懸著的心稍稍落地，對周通拜道，「拜託周兄為我聯絡失散的守軍和義門兄弟，你就告訴大家，郭令公已率大軍來救長安，長安很快就會回到唐軍手中，大家不要絕望。現在郭令公需要知道城中情形，如果大家能與郭令公的裏應外合打退吐蕃人，那是再好不過！」

「郭令公率大軍趕到了？」周通十分驚喜，「太好了！有郭令公到，吐蕃人死期到了。我這就讓兄弟們分頭去聯絡大家，只要任兄弟一聲令下，咱們就追隨公子舉事，裏應外合幫唐軍收服長安！」

眾人正在商議，突聽街頭傳來一陣銅鑼的喧囂，隨著銅鑼的聲音，是一個唐人長聲的吆喝：

「長安的百姓聽著，吐蕃與大唐本是郎舅之國，世代姻親。只因大唐皇帝昏聵無能，致使天下大亂，吐蕃贊普實在看不過去，這才派兵幫助大唐，平定內亂。現在昏聵無能的大唐皇帝已經丟棄自己的子民逃了，大唐不可一日無主，所以吐蕃贊普今立廣武王為帝，望大家速去玄武門朝拜新皇帝！」

隨著這鑼鼓聲，就見一隊隊吐蕃兵分頭衝入街道兩旁的人家，用長矛鋼刀逼著大家去玄武門。任天翔忙示意大家分頭隱蔽，然後招呼褚剛躲避，誰知褚剛恍若未聞，卻直勾勾地望著長街那頭。

任天翔順著他的目光望去，就見在敲鑼喊話的老者身後，一個滿臉富貴、商賈打扮的中年漢子，在一隊吐蕃兵保護下尾隨其後，就見他與一名吐蕃將領正在小聲低語，顯然跟那吐蕃將領十分熟稔。

雖然有好多年沒見，任天翔還是一眼就認出了那人，正是當年留在西域發展的褚然，就見他依然肥頭大耳笑容滿面，看起來像是個事業有成的商賈。不過任天翔現在已知道，他與褚剛一樣，都是司馬承祥當年派到西域來監視和幫助自己的千門中人。這一瞬間，任天翔終於明白，為何吐蕃出兵的時機如此之巧，行軍又如此順利，十萬大軍輕易就打到了長安。顯然他們是得了千門之助，他們出兵長安，正是要從後方動搖大唐根基，以配合史朝義的叛軍與唐軍進行決戰！

而那吐蕃將領，任天翔也不陌生，赫然就是當年幫助吐蕃年輕贊普平定叛亂的札達路恭，他不僅是吐蕃大軍的最高統帥，也是公認的吐蕃第一名將，即便遠在長安，知道他的人也非常之多。

看他與褚然熟稔的程度，顯然關係非比尋常。任天翔忙拉著褚剛避過一旁，然後將褚然指給周通看，小聲問道：「他是誰？」

周通狠狠地啐了一口，恨聲道：「是個引吐蕃人攻入長安的走狗！據說是吐蕃軍統帥札達路恭最信任的謀士，吐蕃大軍能如此神速地打到長安，正是因爲有這條狗領路！」

任天翔拍拍周通肩頭，低聲問：「周兄能否找到他的落腳之處，然後儘快通知我？」

周通心領神會地點點頭：「公子放心，這長安沒有誰比咱們丐幫的人更熟悉，我立刻通知下去，讓丐幫兄弟輪流盯梢，一定找到這傢伙的下落。公子是不是想做掉這條狗？要不要爲兄幫忙？」

任天翔搖頭笑道：「你找到他的住處就行，剩下的事你不用多管了。」

周通應聲而去，很快就消失在小巷深處。任天翔見褚剛有些羞愧，忙寬慰道：

「褚然雖是你堂兄，但他做的事跟你沒任何關係，你不必為他感到慚愧。對了，當年我爺爺派你們一文一武兩兄弟來西域，除了暗中監視和保護，也有助我成就大業的意思吧？」

褚剛點頭道：「公子當年在咱們兄弟心中，就是司馬家的二少爺，咱們的主要任務除了保護你，也要輔佐你成就一番事業，以便讓你有資格繼承義安堂。監視倒還在其次，因為老主人從未想到過你會背叛自己的姓氏。」

「可是褚然後來為何要留在西域？並要去吐蕃發展？」任天翔追問。

褚剛坦然道：「因為老主人想利用你在吐蕃打開的局面，將我堂兄作為一枚棋子投到吐蕃，以便將來將吐蕃的勢力引為千門的外援。」

任天翔一下子就明白過來，想自己留給褚然的，不光是高仙芝的通關令符和赤松德贊的牛角匕，還有自己在吐蕃打下的人脈基礎，如果褚然以自己兄弟的身分出入吐蕃，想必就連蓮花生這樣的世外高人，也要為褚然提供一些幫助和方便吧？有這樣的基礎，再加上千門弟子隨機應變的本領和胸中的真才實學，褚然要在吐蕃出頭一點也不意外。

想必司馬承祥當年也正是不願看著吐蕃的人脈被白白放棄，才密令褚然留下來。褚然看來也沒有辜負司馬承祥的期望，果然在吐蕃出人頭地，在多年之後的今天，引吐蕃大軍做了司馬瑜最強大的外援。

「你堂兄褚然引狼入室，領吐蕃大軍侵入長安，顯然是出自我爺爺的授意，以幫助遠在橫水的司馬瑜。」任天翔沉吟道，「咱們有沒有可能說動他改弦更張，令吐蕃退兵？」

褚剛搖頭苦笑道：「身爲千門弟子，從來不會有家國之念，更不會在乎什麼兄弟之情。公子哪怕待我堂兄親如兄弟，要想說動他背叛老主人，也是難如登天。你沒看他方才在無數受苦受難的長安百姓面前，臉上並無一絲惻隱，反而與札達路恭談笑風生，儼然是以征服者自居？他根本就無視他人的苦難，這正是千門弟子最大的特點。」

任天翔微微搖頭道：「你只看到了他表面裝出的微笑，沒看到他眼中深藏的惻隱和不忍。這滿街的死難者畢竟都是他的同族，也許他當初領吐蕃人東侵之時，根本就沒想到結果會是如此慘不忍睹。」

話雖如此，但任天翔也知道，褚剛能背叛千門，那是因爲墨家之義常年累月潛移默化的結果，想要褚然短時間內做出改變，確實有些不太現實。他只得放棄了以私誼策反褚然的想法，轉而向褚剛請教起一個技術細節問題：

「你們是如何在遠隔千山萬水之外，與我爺爺保持聯絡？並聽從他的指揮和調度？」

這已涉及到千門隱秘，若非萬不得已，任天翔也不好開口相詢。

褚剛也不隱瞞，直言道：「是用飛鴿傳書，通常每兩個月都要發一封例行的書信，若有重要情況，需另外發信稟報。」

任天翔好奇道：「你們不怕這些信落到外人手裏？要知道鴿子畢竟不是那麼可靠，隨時都有可能出意外不是？」

褚剛忙解釋道：「老主人與每個千門弟子都有一套獨特的密語，外人就算截獲了這些信，也決計看不明白。而且每封信是分成兩半，由一對信鴿分別運送，被外人同時截獲並破解的可能微乎其微。」

任天翔聞言，不禁對司馬世家保密工作的專業和細緻暗自嘆服，司馬世家當年能從一代奸雄曹操的後人手中，奪得魏國江山並開創一個屬於司馬氏的朝代，顯然絕非偶然，專業的情報工作和保密手段，是其中最重要的保障。

「有沒有可能褚然還不知道你和我都背叛了司馬世家？」任天翔沉吟道，「我能否以司馬世家少主人的身分跟他相見？」

褚剛想了想，眼睛漸漸亮了起來，頷首道：

「按說老主人原本住在長安，不過，上次他為了除掉當今大唐皇帝，不惜暴露了自己的住處和身分，以他的謹慎，必定不會再留在長安。尤其是李輔國被誅之後，朝中大肆搜捕李輔國的同黨，老主人肯定要離開長安以策安全，因此他與我堂兄未必已經會合。而長安與吐蕃遠隔千山萬水，信鴿一來一回至少得兩個月，而吐蕃大軍從集結完畢到上前線至少得兩個月，打到長安又得一個多月。因此從時間上推算，我堂兄也未必收到公子和我背叛的消息，公子若以少主人的身分與之相見，他多半不會懷疑。」

任天翔在心中盤算良久，也沉吟道：「吐蕃大軍的東侵，和史朝義叛軍在横水的集結，欲與唐軍主力決一死戰，從時間上看，實在太過巧合，可以推測這是我爺爺半年前就安排下的計畫，褚然只是按部就班地實施。如果是這樣，褚然未必知道你我最近的情況，咱們若以同門的身分與之相見，說不定可以收到意想不到的奇效。」

褚剛會心一笑：「看來公子心中已有新的計畫？」

任天翔嘴邊又泛起那熟悉的微笑，淡淡道：「現在，咱們就坐等周通的消息了。」

破敵

第十一章

任天翔渾身微震，立刻就證實了心中的揣測。

從年齡和姓氏來看，幾乎可以肯定她就是自己與仲尕的女兒，

小名多半也是來自當年自己在長安七公子中的排行。

不過他還是有些不甘心，澀聲問：「她……父親是誰？」

周通沒有吹牛，當天黃昏就找到了褚然的落腳點，並且還聯絡到不少失散在長安的大唐兵將，以及少數義安堂和洪勝堂的弟子，眾人聽聞郭令公率軍已到城外，俱欣喜莫名，紛紛表示願做唐軍內應，以助郭令公收服長安。

任天翔沒想到在這種情形下，還有這麼多人信任自己和郭子儀，心中備受鼓舞。他將眾兵將分成幾部，並約定以煙火為聯絡信號，然後在周通帶領下，直奔褚然住處。

當他看到周圍熟悉的街道，心中又驚又喜，沒想到褚然所住之處竟然就是任府，任天翔對自己的家自然是再熟悉不過，而且任府還有通往外面的秘道，任天翔幾乎不費吹灰之力就進入內院，憑著對地形的熟悉，很快就在後院一間書房中，找到了這位分別多年的老朋友。

「是你們？」褚然也是一眼就認出二人，驚喜地一跳而起，他先示意身邊的吐蕃兵卒退下，這才與任天翔見禮。

褚剛趁機對他道：「少主已經知道自己身分，大哥還不快拜見？」

褚然連忙拜倒在地，哽咽道：「千門弟子褚然，拜見少主！」

任天翔連忙扶起褚然，懇聲道：「褚兄不必客氣，你我雖名為主僕，實則是兄弟，以後不必多禮。當年在西域之時，若非有你與褚剛傾力幫助，小弟能否活下來還不一定呢。」

三人見禮畢，任天翔問起褚然別後之情，才知他果然是收到司馬承祥的飛鴿傳書，要他借任天翔打下的基礎去吐蕃發展。他依令去了吐蕃，憑著千門弟子的隨機應變和胸中的真才實學，他很快就在吐蕃出人頭地，成爲通行西域和吐蕃的富商大賈。當吐蕃與大唐發生衝突，他這個瞭解西域地形地貌的商賈又被赤松德贊待爲上賓，並憑著過人的智謀得到赤松德贊重用，成爲吐蕃朝中不多的唐人高官。

這次吐蕃大軍正是在他的謀劃之下，一路勢如破竹攻到長安，從背後給了大唐王朝狠狠一刀。吐蕃軍佔領長安後，他立刻令人將任府和當年司馬世家的祖屋均保護起來，只是兩座府邸都已人去樓空，他便以任府作爲自己住所，以自己的地位加以保護，總算使之免遭吐蕃兵的洗劫和破壞。

「太好了！我大哥若能擊敗唐軍主力，褚兄當居首功！」任天翔將自己融入司馬世家二公子這個角色，拍著褚然的肩頭鼓勵道，「我當稟明爺爺，記下褚兄這樁功勞。」

褚然謙虛地道：「爲主上分憂是我輩本分，褚然不敢居功。」

任天翔勉勵了兩句，又問：「聽說吐蕃領兵主將是老朋友札達路恭，我這次來長安，是帶著爺爺的指示，要與吐蕃人商議如何攜手合作，共同瓜分大唐江山。你能否安排我跟他見個面，既與老朋友敘舊，也商議千門與吐蕃合作的大事？」

褚然遲疑道：「吐蕃大軍雖然佔領了長安，但城中還有不少潛伏的唐軍將士，達西將軍一向謹慎，恐怕輕易不會離開軍營。少主若是要見達西將軍，小人可以替你引見，不過地點恐怕只能在他的軍中。」

任天翔理解地笑道：「軍中就軍中吧，我本想盡地主之誼請老朋友喝一杯，不過長安眼下的情形，只怕也找不到一處喝酒的所在，所有的醇酒美人，只怕都已在他的軍中了。」

褚然忙道：「既然如此，我這就替你向達西將軍通報。吐蕃人正愁大唐疆域廣袤，要想獨吞只怕力有不逮，若能與主上合作共分大唐，他們自然是求之不得。」

有褚然引見，任天翔第二天一早就在吐蕃軍中見到了當年曾經並肩作戰的異族戰友、今日入侵大唐的吐蕃軍最高統帥札達路恭。

多年不見，這位智勇雙全的吐蕃名將顯得更加成熟和深沉，即便見到任天翔也是喜怒不形於色，令人莫測高深。

他顯然已從褚然口中得知任天翔身分，見面後不禁讚道：「當年在吐蕃第一次見到公子，我就覺得公子必非常人，沒想到竟然是千門少主，本將軍果然沒有走眼！」

任天翔笑道：「小弟司馬亮，當年因肩負使命以任天翔的身分行走吐蕃，未能向將軍稟明實情，望將軍見諒。」

「原來是司馬公子？」札達路恭哈哈一笑，「聽說公子乃長安人氏，如今本將軍率大軍攻入長安，令長安出現了小小的混亂，還望公子見諒。」

任天翔不以爲然地笑道：「將軍客氣了，這長安、這大唐乃是李家的天下，跟我司馬家沒半點關係。將軍該搶就搶，該燒就燒，不必有任何顧忌。小弟這次來是奉爺爺之令，與將軍商議如何搶奪和瓜分更多的大唐土地和子民，將軍若能與咱們聯手，我保證還有更多的土地和財富供將軍擄掠。」

札達路恭聞言哈哈大笑，上前挽起任天翔道：「這話我愛聽，走！咱們邊喝邊聊，商量下怎麼更好地瓜分大唐的土地和子民。」

任天翔的所有隨從都已被攔在數十丈外，不得靠近中軍帳半步。任天翔只得隨札達路恭進得大帳，就見帳中早已排下酒宴，在座相陪的將領有不少與任天翔也都見過，眾人紛紛起身相迎。在札達路恭的招呼下，眾人紛紛舉杯向任天翔敬酒，以敘別後之情。

席間札達路恭問起叛軍的實力和部署，得益於對史朝義叛軍和司馬瑜的熟悉，任天翔對答如流，漸漸打消了札達路恭心中原有的懷疑和警惕。

酒至半酣，任天翔趁機道：「咱們既然要聯手瓜分大唐江山，不如今日就在地圖上劃定疆界，我已令隨從帶來大唐所有州府詳細地圖，咱們就在這裏先行劃定吧。」

札達路恭聞言大喜，他欲率大軍深入大唐腹地，正缺大唐各州縣詳細地圖，沒想到竟有機會輕易到手，他連忙點頭道：「快讓你隨從將地圖送來，咱們現在就劃定疆界，共分大唐！」

褚然應聲而去，很快就將任天翔的隨從全部領了進來。札達路恭見一下子進來六七個漢子，而且個個步履沉穩，眼神冷靜，顯然都不是庸手。他心中詫異，忙喝道：「你們在帳下等候，只由一人將地圖奉上即可。」

褚剛等人手中哪有地圖，不由將目光轉向了任天翔，就見任天翔用手勢打了一個暗語，那是墨家弟子相互聯絡的常見手語。眾人再不猶豫，立刻撲向札達路恭。

雖然眾人的兵刃已在帳外被衛兵解下，但以他們的武功，吐蕃這些平日衝鋒陷陣的將領怎能攔住？就見任俠與褚剛最先衝到札達路恭跟前，札達路恭想要後退，卻還是遲了一步，連忙拔刀斬向二人。誰知三招之間他的刀就已被任俠奪下，跟著刀鋒就架到了脖子上。

此時杜剛等人已衝到任天翔身邊，將他從吐蕃眾將的包圍下救了出來。吐蕃眾將見主將已落入敵手，不敢再輕舉妄動，紛紛喝罵道：「卑鄙無恥的唐人，快放了達西將軍，不然就將你們全部砍了！」

札達路恭也瞪著任天翔質問道：「我當公子是朋友，沒想到公子竟以詭計算計於我，真是個卑鄙無恥、陰險狡詐的小人！」

「我卑鄙無恥？」任天翔冷笑道，「大唐與吐蕃本是郎舅之國，大唐先後有兩位公主下嫁吐蕃，你們卻還要乘大唐內亂之際落井下石，不宣而戰率兵偷襲大唐國都，不知我們誰更卑鄙？你我雖有私交，也算是曾經出生入死的朋友，但你既率兵侵入我家鄉，殺我鄉鄰，擄我百姓，就是我任天翔不共戴天的敵人。對於敵人，我任天翔將無所不用其極，我相信你對我也同樣如此。」

札達路恭驚訝道：「你不是司馬家二少爺麼？我率兵攻入長安，不正是在幫你大哥司馬瑜麼？咱們不是共同對付大唐的盟友麼？你為何要以我為敵？」

褚然也是十分詫異，手足無措地問道：「少主你、你這是什麼意思？達西將軍是咱們的朋友，你快將他放了！」

「閉嘴！」任天翔對褚然喝道，「你好歹也是唐人，怎麼能幹出領吐蕃人侵我疆域、殺我同胞的勾當？我姓司馬不假，但我更是漢家子孫，是這長安城長大的唐人。這座城市生養了我二十多年，我絕不允許它被任何人燒殺擄掠、肆意破壞！」

「你想怎樣？」札達路恭澀聲問。

「令你的部下立刻退兵！」任天翔喝道，「並交出所有擄掠的財寶和百姓，滾回你的吐蕃！」

札達路恭聞言哈哈大笑：「你若以為有我為質，就可以為所欲為，那你也小看了我札達路恭。」說著他陡然提高聲音，對眾將喝道，「立刻率軍將這幫奸細全部斬殺，不必顧忌本將軍的安危。我的職位，現由荼羅將軍代理，全軍俱聽從他的號令！」

一個吐蕃將領遲疑道：「將軍……」

札達路恭厲聲喝道：「本將軍命令即下，誰若違抗，軍法從事！」

那吐蕃將領無奈，揮刀喝道：「上！殺掉這幫奸細！」

無數吐蕃兵卒在各自的將領率領下，向任天翔等人發起了進攻，他們武功雖不能與眾墨士相提並論，但人數眾多又悍不畏死，一時間竟令任俠等人陷入苦戰。任天翔見狀只得喝道：「快發信炮！」

杜剛從懷中拿出信炮拉響，一點煙火在高天炸開，這是與郭子儀和周通等人約定的信號，潛伏在長安城的義門弟子，看到這信號立刻趁亂鼓噪：

「郭令公率大軍攻入長安了，快拿起武器幫助郭令公殺番狗啊！」

郭子儀無論在軍中和百姓中間，都有近乎神話般的威望，原本就受盡吐蕃兵欺凌的長安百姓，紛紛拿起簡陋的武器加入到反抗的隊伍中。有義門弟子冒死攻上城頭，打開城門以迎唐軍。

郭子儀也看到了城中的信號，不顧兵微將寡率軍衝入了長安。吐蕃軍雖有十萬之眾，但黑暗之中不知唐軍多寡，而中軍又發生混亂，主將被擒，十萬大軍失去了統一的調度和指揮，很快就亂作一團。

有收穫豐厚的部隊率先出城西逃，帶著搶來的財寶沿來路逃往吐蕃，大軍一旦失控，兵卒就再無心作戰，紛紛帶著財寶奪路而逃。郭子儀率唐軍一路追殺，直追出長安數十里方才收兵。

吐蕃大軍雖然大半撤走，但依然還有忠於札達路恭的護衛親兵和中軍大部分人馬，將任天翔和義門眾士牢牢包圍。他們人數雖然不多，比起長安城中那些烏合之眾和郭子儀手下那些潰散的唐軍來，戰鬥力依然強上一大截。周通等人想率亂軍衝進去救人，卻都被札達路恭的護衛親兵殺退，只是吐蕃人顧忌主將的性命，不敢放手發動衝鋒，不然僅憑任天翔身邊這寥寥數人，哪怕武功再高，也早已被札達路恭的護衛親兵殲滅。

現在任天翔雖然俘虜了札達路恭，但他數千護衛親兵卻將任天翔等人包圍，在他們之外，又有無數唐軍將士和長安百姓，將這股吐蕃軍精銳牢牢包圍，雙方誰都不敢放手發動進攻。最外圍的唐軍怕將札達路恭的護衛親兵逼急了，對陷入吐蕃軍包圍的任天翔等人不利；而札達路恭的護衛親兵也怕將任天翔等人逼急了，對自己的主將不利。

雙方正相持不下，就見大勝而回的郭子儀已縱馬來到陣前，他已知道了眼前的局勢，親自向吐蕃軍將士喊話道：「放了任公子和義門弟子，我讓你們平安離開長安！」

「你這老傢伙是誰？」有精通唐語的吐蕃將領不屑道，「我們憑什麼聽你的？」

「老夫郭子儀。」郭子儀只簡單地報上了自己的名字，似乎這個名字就是一種不容置疑的保證。

其實以唐軍現有的實力，要想消滅札達路恭最強悍的護衛親兵，只怕並無勝算，不過郭子儀的氣勢震懾了吐蕃軍將士。眾人果然安靜下來，他們都聽說過郭子儀大名，今見他親至，眾人心中不由生出一種本能的畏懼。

幾名吐蕃將領小聲商議半晌，最後由札達路恭指定的荼羅對郭子儀道：

「我們不敢懷疑郭令公的保證，只是信不過任天翔這個詭計多端的小人，老令公除非能保證達西將軍的安全，不然咱們不敢撤去包圍。」

郭子儀毫不猶豫道：「好！老夫保證札達路恭的安全，而且保證在你們撤出長安一天之內，決不率大軍追擊。」

荼羅望向周圍幾名番將，見眾人都微微頷首，他便慨然應諾道：「好！既然有老令公的保證，我們就先撤去包圍。」說著一揮手，吐蕃將士立刻給任天翔等人讓出了一條去路。

任天翔正待帶著札達路恭離開，卻見吐蕃眾兵將又圍了上來，那意思再明白不過，要想平安脫身，必須先放了他們的主將。

任天翔心中略一盤算，心知以郭子儀現有的兵力，要想消滅這支上萬人的吐蕃精銳，只怕會付出極其慘重的代價，如果能趁著他們還不明唐軍底細的情況下，將他們儘快趕出長安，無疑會對橫水前線的唐軍主力有著莫大的幫助。想到這，他便答應道：

「好！我先放了你們主將，你們必須立刻離開長安。」

吐蕃眾將哄然答應，再次為任天翔等人讓出一條去路。任天翔忙示意任俠等人放開札達路恭，然後對他抱拳道：「將軍走好，恕天翔不再遠送。」

札達路恭悻悻地回到己方陣營，卻又忍不住回過頭，將一物扔到任天翔面前，意味深長地道：「有一個人，準確說是兩個，一直在等待著任公子，希望公子能去吐蕃看看她們。若任公子不將在下的話放在心上，我怕公子將來要後悔。」

任天翔奇道：「是誰？」

札達路恭哈哈一笑，指向褚然道：「你問問他自然就知道。」說著他悻悻地瞪了褚然一眼，恨恨道，「千門弟子果然非同凡響，在下總算領教了。」

褚然見札達路恭誤會了自己，急忙想要分辯，札達路恭已揮手率眾撤離，丟下他和滿腹狐疑的任天翔，率軍向西撤出了長安。

唐軍將士得到郭子儀的命令，果然沒有發動攻擊，他們只是遵照郭子儀吩咐，令百姓將衣帽搭在長矛竹竿之上，整齊地立在房檐屋後，在黑夜中望去，朦朦朧朧就像是有無數兵馬。札達路恭粗粗一點竟有數萬之眾，心中暗自吃驚，以爲郭子儀率大軍回援長安，哪裡還敢戀戰？出城後一路向西疾逃，再不敢回頭。長安在陷落十五天後，再次被郭子儀奪回。

待札達路恭走後，任天翔撿起地上的東西，就見那是一個小小的銀質長命鎖。任天翔搜遍了記憶的每個角落，依然想不起在哪裡見到過，不由望向褚然問道：「這是什麼？」

褚然囁嚅道：「這是……這是小郡主小時候用過的東西。」

任天翔越發奇怪：「小郡主？哪個小郡主？跟我有什麼關係？」

褚然忙道：「小郡主乃是吐蕃贊普赤松德贊的義女，她的母親就是當年號稱吐蕃第一美女的仲尕。」

「原來是仲尕的女兒。」任天翔會心一笑，不過這笑容很快就僵在臉上，跟著他神情陡變，失聲問，「她叫什麼名字？多大年紀？」

褚然小聲道：「她姓任，小名小七，今年有八、九歲了吧。」

任天翔渾身微震，立刻就證實了心中的揣測。從年齡和姓氏來看，幾乎可以肯定她就是自己與仲尕的女兒，小名多半也是來自當年自己在長安七公子中的排行。不過他還是有些不甘心，澀聲問：「她……父親是誰？」

褚然沒有直接回答，不過他望向任天翔的目光已經說明了一切。

任天翔只感覺心亂如麻，突然之間得知自己有了一個女兒，而且已經有八、九歲，他不知道該高興還是該後悔。他立刻就意識到，這是赤松德贊用來要脅自己的人質。札達路恭臨去前的話，那意思再明白不過，如果自己不儘快去吐蕃，他們很可能會用自己的女兒來報復。但如果去了吐蕃，恐怕從此再不能回來。

任天翔還在躊躇難決，就見一大幫衣衫襤褸的百姓在周通等人的率領下蜂擁而至，一擁而上將褚然按倒在地，眾人拳腳齊下，群情激奮地怒罵道：「好你個狗賊，身為唐人竟然領吐蕃狗爲禍長安，還我妻兒命來！」

眾人爭相上前，又踢又踹地對褚然進行群毆。褚然被憤怒的百姓包圍，無處可逃，只得以哀求的目光望向任天翔和褚剛，眼裏滿是恐懼。

任天翔想起當年與他的兄弟之情，心中終有不忍，忙對憤怒的百姓道：「住手！快住手！他不是賣國求榮的奸細，而是我派到吐蕃的臥底！」

褚剛也及時出手，將堂兄從憤怒的百姓手中救了出來。

眾人對任天翔的話雖然有些將信將疑，不過在周通等人的勸慰下，還是悻悻地散去。就這片刻功夫，褚然就已被打得鼻青臉腫奄奄一息，若非任天翔和褚剛及時出手相救，他定會被憤怒的百姓當場打死。

「帶他下去療傷吧，任何人不得再動他一根毫毛。」任天翔對褚剛吩咐道。褚然聞言，含淚向任天翔一拜，哽咽道：「多謝少主救命之恩。」

吐蕃軍一撤，長安城很快又恢復了原來的秩序。郭子儀一邊令人修繕被吐蕃軍破壞的宮殿和街道，一邊撫恤軍民，並親自去靈武迎回大唐皇帝和文武百官。長安失而復得的消息很快就傳到了橫水前線，正人心惶惶的大唐將士頓時像吃了顆定心丸，士氣又復振奮。

任天翔一面幫郭子儀安撫軍民，一面派人去找小薇和母親，同時盤算如何去吐蕃見仲尕和自己那從未見過面的女兒。

正左右爲難之時，就見褚然在褚剛陪同下來到自己面前，滿面羞愧地拜倒在地，囁嚅道：「小人領吐蕃軍入侵長安，給滿城百姓造成了不可挽回的災難，百死也不足以贖罪。是少主一言救了小人一條狗命，小人當捨身相報。」

任天翔扶起褚然道：「我從來就沒有將你當成奴僕，而是一直當成是兄弟。我救你也並非完全是出於私情，而是看你還有惻隱之心和悔恨之念。希望你從此棄暗投明，再不要爲一家一姓之野心，幹出禍亂天下人的惡行。」

褚然連連點頭道：「少主所做所爲，褚剛已經跟小人講了，與少主的心胸和作爲比起來，褚然真是卑微如螻蟻。小人決心將功贖罪，以報答少主救命之恩。」

任天翔皺眉道：「我剛說了，咱們不是主僕而是兄弟，以後別再叫我少主，更不要再自稱小人。」待褚然點頭答應後，他又問，「你要如何將功贖罪？」

褚然忙道：「小……爲兄早就知道小七是任兄弟的女兒，所以一直就有心照顧。這幾年，我借著在吐蕃青雲直上的機會，暗中安排了信得過的兄弟照顧小七，請允許爲兄潛入吐蕃，將小七和仲尕從赤松德贊手中救出來。」

見任天翔皺眉不答，一旁的褚剛忙道：「赤松德贊和札達路恭的目標是你，你要去吐蕃就是自投羅網。不如由我和大哥悄悄潛入吐蕃相機行事，或許能收到奇兵之效。」

「是啊！」褚然也急忙道，「爲兄在吐蕃發展多年，已打下了不錯的人脈基礎。雖然現在我被札達路恭當成是奸細，不再受吐蕃人信任，但在吐蕃還有不少信得過的朋友，都是過命的交情，可以提供不小的幫助。兄弟要是再不答應，就一定是在懷疑爲兄的誠意。」

任天翔在心中權衡良久，終於對褚然和褚剛一拜，澀聲道：「仲尕和小七……就拜託兩位兄弟了！」

二人大喜過望，雙雙拜道：「兄弟放心，咱們必定竭盡全力，讓她們母女儘快回到兄弟身邊。」

就在褚氏兄弟剛走不久，小薇和司馬蓉母女在義門弟子保護下也平安回到了長安，三人於戰亂之後得以團聚，喜悅之情可想而知。

小薇已與母親相認，得知自己實爲任重遠的女兒，她一時間還不能適應這個新的身分，不過，在知道任天翔的養母竟然就是自己的親生母親，她心中既委屈又高興，委屈是因爲母親當年竟拋下了年幼的自己，高興是因爲心中那醜媳婦見公婆的忐忑，被母女相認的喜悅代替。

看到一雙長大成人的兒女，司馬蓉忍不住拉起二人的手，將小薇的手慎重地放到任天翔掌心。她已經知道二人從相識、相知到相戀的經過，她滿含慈愛地對任天翔道：「翔兒，小薇是我的親生女兒，我當年爲了家族的使命離開了她，沒有盡到一個母親的責任，讓她受了許多的委屈。我希望你以後能替我照顧她，別再讓她受半點委屈。」

任天翔連忙點頭：「娘你放心，我會照顧她一輩子，誰也不能將我們再分開。」

司馬蓉點點頭，轉向小薇柔聲道：「薇兒，天翔也是娘的孩子，只可惜娘沒能照顧他幾年，也讓他遭受了不少磨難和委屈。我希望你替娘好好照顧他，讓他不再寂寞孤獨，顛沛流離。」

小薇紅著臉點了點頭，小聲道：「娘你放心，我也會照顧他一輩子。」

看到一雙兒女幸福地依偎在一起，司馬蓉眼中不禁泛起了點點星花，她連忙掩飾地轉開頭，打量著未遭遇戰亂破壞的任府道：「想不到這座府邸歷經戰亂還基本保持完好，我看不如挑個好日子，你們就在這裏拜堂吧，讓你們的爹爹在九泉之下，也可早日安心。」

小薇深情地望了任天翔一眼，羞澀地垂下頭去。任天翔卻是面色尷尬，欲言又止。他想起了仲尕和小七，總覺得應該對小薇實言相告，但看到小薇幸福的模樣，他將湧到嘴邊的話又咽了回去。他不知道該如何向小薇介紹仲尕和小七，只能在心中對自己道：待仲尕

和小七平安回到長安，再告訴小薇實情吧，

見任天翔默不做聲，司馬蓉不禁問道：「翔兒，你是不是還有什麼話要說？」

任天翔忙道：「孩兒只是覺得，前方將士尚在浴血奮戰，我卻在後方娶妻生子，這多少讓我心中有些不安。何況我與小薇已經拜過天地，再在這時重新操辦，總讓人覺得不妥。」

司馬蓉嘆道：「你們在睢陽的婚禮我已聽薇兒說過，那是既無媒妁之言、又無父母之命的草率之舉，我怎能讓小薇如此委屈？再說，哪一個當娘的，不想看著兒女風風光光地結婚生子，長大成人？你就不能滿足爲娘這點小小的願望？」

任天翔想了想，無奈道：「好吧，我答應娘，一定跟小薇重新舉辦一個風風光光的婚禮，不過日子得往後推一推，至少要到戰亂平定後再說吧。」

司馬蓉抱怨道：「你和小薇年紀都已不小，如果戰亂一直持續，你們是不是就要一直拖下去？你不知道娘是多想早一天抱孫子？」

任天翔陪笑道：「娘你放心，戰亂不會再持續多久，吐蕃退兵之後，史朝義的末日就近在眼前。」

「你敢肯定？」司馬蓉追問。

「是的，我敢肯定！」任天翔自信道。既然李泌已破解了司馬瑜最大的秘密武器，如果還不能戰勝司馬瑜，那他就不是有天才之稱的李泌。所以任天翔對橫水大決戰的結局一點也不擔心，這也是他能安心留在長安，幫郭子儀修繕京城、安撫百姓的原因。

數天之後，橫水前線果然傳來捷報，唐軍大勝史朝義叛軍。任天翔問起詳細軍情，才知唐軍白日以四面合圍的陣勢騙過司馬瑜的窺天珠，入夜後卻借夜幕的掩護重新排兵佈陣，將兵力集中於一處，在黎明來臨前發起了總攻。

司馬瑜過於相信日間窺天珠看到的情況，堅持分散兵力以迎擊唐軍的四面合圍，結果犯下了戰略性錯誤，最終十萬大軍被殲六萬，被俘兩萬，僅有不足兩萬人馬保著史朝義殺出重圍，落荒而逃。至此范陽精銳在數年的戰亂中幾乎損失殆盡，史朝義再沒有希望東山再起。

沒過多久，又有消息傳到長安，史朝義自橫水戰敗後，駐守范陽、河東、平盧等鎮的叛軍將領紛紛上表請降，叛將田承嗣甚至將史朝義的家小綁了送到長安請功。那些原本就不將史朝義放在眼裏的叛軍將領，更是趁機招納史朝義的部卒，紛紛叛燕投唐。

史朝義在唐軍圍追堵截之下，兩萬殘兵幾乎潰敗殆盡。史朝義腳下無一城一地，身邊僅餘寥寥殘兵，在走投無路、萬念俱灰之下，無奈於溫泉柵自縊而死。自此歷時七年零三個月戰亂，終於畫上了一個艱難的句號。

消息傳到長安，滿城軍民紛紛湧上街頭，人人奔相走告，共慶這來之不易的勝利。望著街頭喜慶的人群，任天翔不禁感慨萬千，想起從天寶十四年到現在整整七年有餘，這場起於范陽、幾乎波及整個大唐疆域的戰亂，終於在無數將士的努力之下得以平定，他就有種恍若隔世之感。

不過，他心中的喜悅很快又為更大的擔憂代替，他經多方打探，也沒有打聽到司馬瑜的下落，橫水大戰之後，這位千門梟雄就不知下落，不然史朝義也不會在橫水大敗之後又八戰八敗，僅四十多天時間就在廣陽附近被逼自縊。

任天翔並不擔心司馬瑜還能掀起多大波浪，他只是擔心其安危，畢竟，那是他血脈相連的親哥哥……

出海

第十二章

任天翔心中突然有種放聲大哭的衝動，不過他沒有將心中的感情流露出來，若無其事地道：「小川君，不知你的家鄉在哪個方向？」

小川流雲遙指東方：「就在太陽升起的方向。」

任天翔最後留戀地看了故土一眼，毅然回頭向東一指：「好！起航！」

大紅的燈籠在任府的門外高高掛起，喜慶的鞭炮聲蓋過了賓客們的喧囂。任天翔與司馬薇的婚禮，成爲叛亂平定之後長安城最大的盛事。上至當今皇帝李豫、下至黎民百姓和丐幫弟子，或派人送來賀禮，或呼朋喚友相約來賀，令偌大的任府也顯得擁擠不堪。

任天翔雖然沒有任何功名，但長安百姓感激其兩次助郭子儀收復長安、拯救百姓的功績，紛紛前來祝賀，將任府外的幾條大街幾乎擠得水泄不通。來客中既有朝中高官顯貴，也有商門鄭淵、岑剛這樣的江湖豪傑。任天翔光招呼賓客就忙得不可開交，還好有義安堂眾兄弟幫忙招呼張羅，才不至於手忙腳亂，怠慢來客。

婚禮以最隆重的方式按部就班地舉行，繁文縟節不必細表。

少時禮成，眾人齊齊向新郎新娘祝賀。祝客中以江湖豪傑爲多，向來不拘小節，紛紛向新郎新娘敬酒，任天翔心痛小薇，忙爲她擋下了大部分酒。

正喝得興起，突聽門外司儀高喊：「宮廷舞娘謝阿蠻率弟子來賀，裏邊請！」

眾人聞言紛紛叫好，天寶年謝阿蠻的舞技就名動京師，後被先帝召入宮中，成爲教坊第一舞師。後范陽叛軍攻入長安，謝阿蠻和眾多教坊樂師舞女一樣不知下落，沒想到今日這位當年在宮中和長安都紅極一時的舞中仙子，竟突然出現在任天翔的婚禮之上，眾人既驚喜又期待，不知這麼多年過去，這位舞中仙子是否還有當年的風采。

與眾人的期待和興奮不同，任天翔心中卻是有些忐忑，他知道謝阿蠻就是當年洛陽夢香樓的舞女雲依人，自己當年有負於她，不知她會在自己大喜的日子裏獻上怎樣一支舞。

在眾人期待的目光注視下，就見一輕紗蒙面的女子緩步而入，腰肢輕盈如柳，腳下步步生蓮，令人有種目醉神迷的恍惚之感。就見她來到新郎新娘面前，款款拜道：

「舞孃謝阿蠻，祝任公子和小薇姑娘天作之合、白頭偕老。」

任天翔略顯尷尬地低聲問：「姐姐這些年……過得可好……」

謝阿蠻款款答道：「生逢亂世，能夠不死就已經是僥天之幸，哪敢再有奢求？」

想起過去對她的林林總總，任天翔心中愧疚之情油然而生，他對謝阿蠻躬身一拜，低聲道：「當年天翔年少輕薄，對姐姐多有愧疚，天翔不敢要姐姐原諒，但求你看在小薇無辜的份上，不要為難天翔。」

謝阿蠻幽幽嘆了口氣：「看來，你還是不瞭解依人。」說完她不再多言，示意樂師奏起樂曲，眾賓客早已在大堂中清理出一片空曠之地，但見她緩擺腰肢，輕舒曼手，隨著音樂款款起舞，隨著樂曲的演奏，她的舞姿與樂聲漸漸融為了一體。

看到那熟悉的舞姿，任天翔眼裏漸漸盈滿了淚花。他認出那是雲依人當年在自己面前跳過的所有舞蹈，經仔細編排重新成為一支新舞，他從這舞姿中看到了雲依人當年對自己的一片癡情，以及後來的失望和悲傷。

隨著樂曲的漸變，謝阿蠻的舞姿漸漸從悲傷和絕望中掙脫出來，漸漸變得平和優雅，漸漸變成一個自由自在翱翔在音樂中的舞之精靈。

少時曲收舞畢，眾賓客竟忘了叫好，直到謝阿蠻款款向任天翔拜別，眾人才從恍惚中清醒過來，紛紛起立鼓掌。任天翔淚流滿面，對謝阿蠻哽咽道：「多謝姐姐衷心的祝賀，我會珍惜現在擁有的這份珍貴感情。」

謝阿蠻眼中泛起一絲暖暖的笑意，款款道：「你能學會真正愛一個人，也不枉我今日苦心孤詣這一曲，它叫《情心》。」

謝阿蠻已經走了許久，任天翔還在默默回味著那意味深長的舞曲，心中暗自神傷。就在這時，突聽門外司儀高唱：

「摩門長老蕭倩玉來賀！」

聽到這話，原本滿面喜氣的司馬蓉臉色立時陰了下來，冷哼道：「這女人來做什麼？快將她趕走！」

話音未落，就聽門外傳來一聲嬌笑，跟著就見蕭倩玉在兩名摩門弟子陪同下，一步三搖地踱了進來，就聽她不屑地笑道：

「姐姐好像忘了，我才是此間屋子的女主人，你不過是沒任何名分的外室，甚至連外室都不是。」

司馬蓉冷哼道：「可是這裏是任府，我一雙兒女都姓任，而你早已因故被趕出義安堂，這任家跟你還有什麼關係？」

任天翔眼見二人一見面就劍拔弩張勢同水火，連忙拱手拜道：「娘，蕭姨，今日是我大喜的日子，你們莫再爲過去的舊怨相爭了好不好？」

見二人不再言語，任天翔轉向蕭倩玉道，「不知蕭姨怎麼突然來了長安？」

蕭倩玉眼神一黯，低聲嘆道：

「過兩天就是天琪的忌日，我是來給她燒點紙錢。正好聽說你大婚，就順道來祝賀。天琪要是還活著，看到你這哥哥終於功成名就，成家立業，一定會爲你感到高興。」

想起不幸早逝的妹妹，任天翔心中也暗自神傷。

見蕭倩玉含淚欲墜，他連忙岔開話題道：「自上次陝郡大戰之後，好久沒有聽到摩門的消息，不知現在貴教去了哪裡發展？」

蕭倩玉長嘆道：「上次在陝郡，大教長被義門墨士刺傷了脊柱，下半身完全癱瘓。之後摩門又遭到儒門劍士追殺，損失慘重，再無法在中原立足。幸好回訖可汗早就有心皈依光明神，所以派人來請大教長，咱們便去了回訖，如今已是回訖國教。」

聽說佛多誕受傷癱瘓，摩門損失慘重，任天翔暗自寬慰，幾名義門兄弟總算沒有白白犧牲。他突然又想起一人，忍不住問道：

「貴教那個聖女艾麗達呢？她怎麼樣了？」

蕭倩玉意味深長地望了任天翔一眼，淺笑道：「既爲聖女，終身都將敬奉光明神，還能怎樣？不過，如果你要是有什麼話，我可以替你轉告她。」

任天翔想了想，微微搖頭道：「沒有，沒有什麼話需要蕭姨轉達，多謝蕭姨一片好意。」

蕭倩玉咯咯一笑：「跟你爹一個脾氣，總是到處留情。以後好好待你妻子吧，別再四處拈花惹草。對了，記得常去看看天琪，她活著的時候跟你最親，我即將遠赴西域，她就交給你照顧了。」

蕭倩玉剛離去不久，突聽門外傳來一陣騷動，跟著就見一個打扮古怪的小乞丐從人縫中鑽了進來，幾個義門弟子在後面緊追不捨，誰知那小乞丐身形異常靈活，在人叢中鑽來繞去，幾個義門弟子圍追堵截，竟沒摸到他一片衣角。

負責維持秩序的任俠連忙喝問：「怎麼回事？」

一個義門弟子氣喘吁吁地答道：

「不知是哪裡來的小乞丐，非要進來看新娘子。咱們已經給了他不少銅板和食物，他卻趁咱們不備闖進了喜堂。」

任俠見那小乞丐手腳靈活，顯然練過武功，不敢大意，連忙上前一把將他抄入手中。

那小乞丐顯然沒料到任俠出手如此之快，身不由己被任俠老鷹抓小雞一般拎了起來，他一雙小腿亂踢亂蹬，嘴裏不住地高叫：「非禮啦！非禮啦！大人非禮小孩了！」聲音清脆，竟然是個小女孩。

任俠一向靦腆，被人叫非禮還是第一次，不禁鬧了個大紅臉。他抓著那小女孩，放也不是，不放也不是，不禁有些尷尬。

眾人見狀不禁哄然大笑，有人起鬨道：「小姑娘，你是誰家的孩子？你父母呢？」

那小女孩對任俠惡狠狠地道：「我爹爹就在這裏，你要再不將你這雙髒手拿開，小心我爹爹砍了你餵狗！」

任俠見她不過八、九歲年紀，是個不諳世事的小孩，不好跟她計較。只得將她放到地上，認真地問道：「你爹爹是誰？」

小女孩對任俠翻了個白眼，傲然道：

「你站穩了，說出來嚇死你。我有兩個爹爹，我乾爹是吐蕃贊普赤松德贊，我親爹就是名滿天下、英明神武、殺人不眨眼、吃人不吐骨頭的義門門主任天翔。」

此言一出，廳中一下子靜了不少，眾人的目光盡皆望向新郎倌。就見任天翔神情怪異，一步步來到那小女孩面前，澀聲問：

「你……媽媽叫仲尕？你來自吐蕃？」

小女孩揚起頭答道：「對啊，你怎麼知道？」

任天翔渾身微震，仔細打量小女孩的模樣，果然從她的眉宇間依稀看到了仲尕的影子。他再無懷疑，正要上前相認，突然後心一痛，卻是被小薇狠狠擰了一把。他還沒來得及開口叫痛，小薇已摔下蓋頭霞帔轉身就走，丟下了滿屋子目瞪口呆的賓客。

任天翔顧不得理會憤然而去的小薇，忙蹲下身子輕輕抱起小女孩，澀聲道：「因爲，我就是你爹爹任天翔。」

小女孩一點也不驚訝，以審慎的目光打量了任天翔片刻，脆生生地道：

「我知道你就是任天翔，長安城到處都在談論你結婚的事。你原來是個薄情寡義的負心漢，難怪我媽媽說什麼也不願離開吐蕃來找你。」

小女孩口無遮攔，讓任天翔十分尷尬，他知道一時間跟她解釋不清楚，忙問：「你是怎麼來長安的？我托了兩個兄弟去接你，他們人呢？你又怎麼會說如此流利的唐語？」

小女孩得意地道：「你是說那兩個笨蛋？我到長安就將他們給甩了，我的唐語是李爺爺教的，媽媽從小就讓我跟他學，說將來有一天會用到。」

任天翔立刻想到了李福喜，難怪任小七的唐語還帶有一點長安的口音。

就在這時，突見外面又是一陣騷亂，就見風塵僕僕的褚然和褚剛兄弟正撥開人群擠了進來，見任小七果然在此，二人總算舒了口氣，忙與任天翔見禮。

任天翔謝過二人救女之恩，問起仲尕，才知她不願離開吐蕃，所以只托褚氏兄弟將女兒送來長安。任天翔想起那個在吐蕃的異族美女，心中不禁泛起一絲惆悵和懷念。讓人將任小七送去拜見母親後，他才想起小薇，幸好婚禮的主要程序已經完成，不然他還真不知道如何向眾人交代。

跟眾人交代幾句後，任天翔連忙去找小薇，就見她在新房中暗自垂淚，司馬蓉正在一旁小聲勸慰。

見到任天翔過來，司馬蓉板著臉喝道：

「說！你過去還有多少風流韻事？在外面還有多少不清不楚的女人？」

任天翔無奈，只得將仲尕的事和盤托出，不敢有半點隱瞞。

在司馬蓉的勸慰和任天翔的保證下，小薇總算勉強接受了任小七，並答應以後將她視同己出，當成自己的女兒來照顧。

好不容易安撫了小薇，司馬蓉這才起身道：

「天色不早，你們早些歇息吧。噢對了，過兩天我帶你們去看望爺爺，今日我收到家裏的來信，說爺爺病得很重，他嘔心瀝血一生，誰知最終卻竹籃打水一場空，他一定承受不了這樣的打擊。」

任天翔很想說，比起那些在戰亂中失去性命的將士和百姓，他算是幸運的了。不過當著母親的面，他不好流露出心底的想法，連忙答應道：

「好，三天後回門，我就陪娘和小薇去看望爺爺。」

三天之後，任天翔與小薇在終南山一處遠離塵世喧囂的別院中，見到了司馬承祥這個千門隱士，但見他比任天翔上次見到時越發蒼老枯槁，精神萎靡滿面病容，任誰也能看出他的生命已進入倒數計時，司馬蓉見狀，拜忙倒在他的病榻前，泣道：

「爹，女兒不孝……」

司馬承祥示意燕書將其扶起，半靠在榻上喘息道：

「蓉兒，你已經為家族做了一個女兒能做的所有事，只是天意不再，怪不得你，起來吧。」

司馬蓉依言退到一旁，司馬承祥目光轉到她身後的小薇身上，看到她髮髻已經改變，他的嘴邊露出一絲慈愛的笑意，柔聲問：

「薇兒，爺爺從小將你從母親身邊帶走，又一直隱瞞了你的身世，你不怪爺爺吧？」

司馬薇忙含淚道：「過去的事已經過去，再說，我已與娘團聚，薇兒怎會責怪爺爺？」

司馬承祥眼裏閃過一絲寬慰，對女兒和外孫女點了點頭：「我有話要跟亮兒交代，你們先退下吧。」

司馬蓉與小薇忙退了出去，並輕輕帶上了房門。

任天翔心中雖然對這位幾乎顛覆了大唐天下的千門隱士心懷敵意，尤其是想到無數義門弟子和江湖豪傑以及戰死的將士和無辜的百姓，他就無法原諒這個亂世之千雄。不過見他已是命在垂危，任天翔終於還是放下了心中的敵意，坐到他身邊柔聲問：

「爺爺，你還有什麼話要叮囑孫兒？」

司馬承祥以複雜的目光打量著任天翔，無力地喘息道：

「亮兒，你是司馬家最傑出的孩子，只可惜你卻選擇了另外一條路。這大概就是天意吧，所以爺爺也不怪你，只是爺爺要提醒你，在戰亂平息、天下初定之後，你和你所在的義門，恐怕反而會遇到更大的危險。」

任天翔有些疑惑道：

「現在戰亂基本平息，各地叛軍紛紛投降，再沒有人敢挑起戰亂。江湖上摩門實力大損，現已遠走回訖，薩滿教在蓬山老母死後，也分裂成無數門派，派中內鬥不止，對中原武林再構不成威脅，我不明白還有誰會威脅到我和義門的安全？」

司馬承祥微微喘息道：「難道你忘了那句老話：飛鳥盡，良弓藏；狡兔死，走狗烹。」

任天翔一愣，不悅道：

「爺爺這是在用離間計吧？義門只是一幫胸懷俠義心腸、誓做天地良心的熱血男兒，既無一官半職的權勢，又無擁兵自重的實力，對任何人都不會構成威脅，怎會遭人顧忌陷入危險？」

司馬承祥微微嘆道：

「你只知義門沒有野心有沒有兵馬，對朝廷構不成威脅，卻不知義門人人平等的理念，是所有統治者都不能容忍的異端邪說。如果人不分三六九等，在上天面前人人都平等，那麼天子何以統御天下？為何自古以來儒、墨就不兩立？正是在於它們的理念截然不同。一個要等級森嚴的禮教治國；另一個卻是要打破這種尊卑有別的秩序和觀念。它們就算因暫時的需要結為盟友，最終也會分道揚鑣，甚至反目成仇。儒、墨兩門自創立以來就一直相互攻伐，矛盾從來就沒有調和過，難道到了你這裏就可以相互接受？儒門可以容下與世無爭的釋門和道門，甚至容下摩門和千門，卻絕對容不下墨門！」

司馬承祥的話令任天翔心底油然升起一絲寒意，聯想到自己大婚的日子，竟沒有一位熟悉的儒門弟子登門道賀，他心中就越發有種不祥的預感。不過，他依然不相信儒門這麼快就會與義門反目，他連連搖頭道：

「我不信！你不要再離間挑撥，令天下再度陷入混亂，以便讓千門弟子亂中取利。」

司馬承祥一聲長嘆，喃喃道：

「俗話說，人之將死，其言也善。爺爺時日無多，難道還會故意危言聳聽？爺爺謀劃算計了一生，現在卻不想再算計任何人。爺爺累了，倦了，也睏了。」

見司馬承祥疲憊地合上了眼眸，任天翔悄悄退了出來，他心中很亂很煩躁，如果真像爺爺說的那樣，那將是這個世界最大的悲哀。他希望爺爺錯了，但內心深處卻又有個聲音在提醒他——千百年來這片土地上的歷史就是如此，從來就沒有任何新鮮之處。

就在任天翔於終南山中患得患失之際，京城長安大明宮中，李豫與李泌也在進行一場有關義門前途和命運的對話。

李泌上次因火遁假死遠離了大唐政治中心，但經橫水一戰又重獲新帝重視，不僅赦免了他欺君之罪，還將他召入翰林苑授翰林學士，並要他還俗娶妻，繼續爲朝廷效力。李泌此時雖然只是個翰林學士，但實則已擔起丞相的部分責任。

翻看著各地叛軍送來的降表，以及地圖上最後被拿掉的叛軍標記，李豫意氣風發，呵呵笑問：「史朝義一死，叛軍將領紛紛請降，歷時七年零三個月的叛亂，總算在朕手中得以平定。如今四海歸心，天下太平，試問還有誰能對我大唐構成威脅？」

「有！」李泌臉上並無一絲天下太平的輕鬆，只有說不出的嚴肅。

「誰？」李豫有些不解地問。

「各地叛軍雖然先後反正，入侵長安的吐蕃人也被趕回吐蕃，但大唐帝國依然還面臨著兩大威脅。」李泌說著來到地圖前，指向那些剛反正的州府道，「不說這些不得已才投降的叛將，就是大唐各節度使，也因戰亂而獲得了各地的軍事、人事和經濟大權，大唐雖然消滅了一個安祿山和史思明，卻有無數不受朝廷節制的軍事集團在戰爭中崛起，藩鎮割據已成事實，這將使大唐面臨新的威脅。」

李豫遲疑道：「朕也知道節度使權力過大，將自害而無一利，不過現在談論削藩恐怕是早了點。天下人會以爲朕剛平定叛亂就急著要對付功臣，這事還得從長計議。」說著他微微一頓，「不知另一個威脅又來自哪裡？」

李泌淡淡道：「就來自這長安，來自義門，來自任天翔。」

「義門？」李豫皺起眉頭，沉吟道，「近日確有坊間傳言，說任天翔有個來自吐蕃的女兒，吐蕃贊普赤松德贊還是他女兒的乾爹。又有傳言說任天翔實爲千門司馬世家公子，與叛軍智囊司馬瑜是親兄弟。不過，朕認爲這些都是無稽之談，因爲任天翔和他所率的義門俠士，在協助唐軍平定叛亂和擊敗吐蕃軍的戰爭中，無數次證明了他們對朝廷的忠誠。任天翔和他所率的義門俠士，在平定戰亂中立下的功勞堪比郭子儀和他的朔方軍，若非任天翔堅持不受朝廷冊封，憑他的功勞完全可以封侯拜將，甚至入凌煙閣與歷代功臣並列。」

「任天翔和他所率的義門，確實爲平定戰亂立下過天大的功勞，而他也確實是司馬世家的二公子，並與吐蕃贊普赤松德贊私交非淺，不過這些都不重要，重要的是，他爲何不受朝廷冊封？」李泌微微一頓，自問自答道，「因為在他和義門俠士心目中，並不認為聖上和朝廷有資格冊封他們。他們幫助唐軍平定戰亂，僅是憑著心中一股俠義之氣，並非是要為朝廷、為聖上盡忠。」

李豫啞然笑道：「這也不算什麼大問題啊，許多世外高人，如道門張果、釋門無垢大師等等，也都自詡為閒雲野鶴，從不受朝廷冊封，甚至直言不拜天子。朕要是容不下他們，豈不顯得太小氣了一點？」

「但是任天翔和他的義門，可不是什麼閒雲野鶴。」李泌正色道，「聖上看前日任天翔的婚事，幾乎全城空巷，人人爭相到任府祝賀，將任府周圍幾條街全部堵塞。聖上再回想任天翔助郭子儀從吐蕃軍手中收復長安那一戰，郭子儀憑四千殘兵敗將趕走十萬吐蕃軍，除了他個人的威望和兵法謀略，更多是得自任天翔和義門俠士之助。任天翔在長安登高一呼，幾乎滿城百姓都爭相回應，拿起武器與吐蕃軍拼命，試問天下還有誰有此威望？別忘了，墨家弟子向來漠視尊卑長幼之別，更不將君臣綱常視為不可逾越的天條，如果墨家思想為更多人接受，天子的威信何在？如果他們再依照墨者最高理想要求選天子，試問聖上如何應對？」

李豫神情大變，嚇出了一身的冷汗。他遲疑道：

「任天翔不至於如此張狂吧？要知道，這可是謀逆造反的大罪，當誅九族啊！」

李泌沉聲道：「就算任天翔不會，但誰能保證其他墨家弟子不會？只要墨門不放棄墨翟那種人不分尊卑長幼之序的荒唐理念，當信奉墨家學說的人多了之後，天子的威信將不復存在，天下必定大亂。」

李豫沉吟良久，澀聲道：「任天翔和他所率的義門，為平定戰亂立下了天大的功勞，如果現在突然取締，會令天下人不服。不知愛卿有何良策？」

李泌拱手拜道：「微臣懇請聖上賜我密旨，讓微臣便宜行事，微臣必為聖上找到一條兩全之策，既肅清墨家流毒，又保證聖上不被天下人非議。」

李豫沉吟良久，最終艱難地點了點頭：「好！准奏！」

譙樓的更鼓已經敲過三更，任天翔依然還在與小薇纏綿。新婚燕爾又歷經波折，有什麼比有情人終成眷屬更令人幸福的呢？

不過，這幸福很快就被門外的嘈雜和喧囂打斷，任天翔聽到門外那匆匆的腳步聲和微微的喘息聲，不由喝問道：「外面何事喧囂？」

門外有義門弟子答道：「是刑部有捕快突然要搜查任府，說是要追查逃犯。」

任天翔不悅道：「什麼逃犯敢躲到義安堂總舵來？他們這不是故意找碴麼？」

那弟子忙道：「我也是這麼說，可那些捕快死活不走，說是奉了上司之令，不敢不搜。」

任天翔無奈披衣而起，開門道：「好！讓他們搜，要是找不到什麼逃犯，我倒要看看他們怎麼向我交代？」

眾捕快得到號令，立刻在府中裝模作樣地搜了起來。

任天翔見領隊的竟然是刑部捕快之首的高名揚，心中吃了一驚。心知無風不起浪，若不是有非常特殊的理由，高名揚決不會親自登門。他連忙將高名揚拉到一旁，小聲問：「這到底怎麼回事？你們到底在找什麼逃犯？」

高名揚遲疑道：「這是刑部機密，爲兄實在不方便……」

「你他媽少賣關子！」任天翔打斷他道，「我可一直都叫你大哥，難道咱們兄弟之間還有什麼不可相告的秘密？」

高名揚看看左右無人，這才低聲道：「我也是奉上邊的命令，要找一個女人。」

「女人？什麼女人？」任天翔追問。

高名揚將嘴湊到任天翔耳邊，輕輕吐出幾乎微不可聞的三個字：「楊、玉、環。」

任天翔面色微變，張嘴結舌不如如何開口。這時眾捕快已搜查完畢，當然沒有找到什麼逃犯，高名揚便道一聲歉，帶著眾捕快揚長而去。

眾捕快雖然離去多時，任天翔心中依然有些心緒不寧，他知道這多少年前的舊案，今日突然又有人翻了出來，必定不是空穴來風。所以第二天一早他就徑直去找李泌，開門見山地問道：「昨夜刑部捕快到我府上搜查逃犯，李兄可曾聽說這事？」

李泌坦然點頭承認：「我知道，聖上向我提起過這事。」

「你知道？」任天翔十分驚訝，「這還是聖上的意思？他在找誰？」

李泌平靜道：「聖上在找當年先帝的寵妃楊玉環。」

任天翔第二次聽到這消息，已經不再吃驚，卻忍不住心中的好奇，問道：「當年名動京師的楊貴妃，不是已經死在馬嵬坡了麼？聖上怎麼會到我府上來找？」

李泌淡淡道：「聖上得到消息，說當年馬嵬坡死的只是個替身，真正的貴妃娘娘已被人救了下來，而且在先帝去世前還來看望過他。」

任天翔心思急轉，暗忖楊玉環入宮見太上皇的那一夜，或許是被宮中有心人給認了出來。不過他還是不明白，沉吟道：

「就算聖上聽到什麼流言，又何必再去翻出多少年前這樁舊事？莫非他找貴妃娘娘只是藉口，深夜到我府上搜查卻是另有深意？」

見任天翔望著自己，李泌微微嘆道：

「我猜不到聖上的心思，但是卻知道常理。」

「常理？什麼常理？」任天翔忙問。

「常理就是在這長安城中，你任天翔和義門，威望已經比聖上和朝廷還要高，難免不招人嫉恨。」李泌淡淡道，「這事對你來說，決不是個好兆頭。」

「你是說，聖上在找藉口要對付義門？」任天翔追問道，見李泌低下頭似已默認，他不禁一跳而起，忿然質問，「義門弟子爲平定叛亂付出了多大的犧牲？如今天下方定，聖上就急不可耐地要對付咱們？這是爲什麼？我要立刻進宮去見見他，問他究竟安的什麼心腸！」

李泌平靜地道：「你若當面質問聖上，那麼義門與朝廷的矛盾就將不可調和。如果我是你，不如就此急流勇退，委曲求全。」

「你要咱們離開長安？」任天翔冷笑道，「義門兄弟本來就無心功名，離開長安倒也沒什麼了不起。」

「不是離開長安。」李泌一字一頓道，「而是離開大唐。」

任天翔驚呆了，望著李泌怔怔地說不出話來。

就聽李泌平靜地解釋道：「義門在戰亂中闖下了天大的名聲，只要是在大唐境內，就永遠是所有人關注的焦點。要想徹底避免聖上的猜疑，就只有離開大唐。」

任天翔突然間想起了司馬承祥臨終的話，他恍然點頭道：「要咱們離開大唐的恐怕不是聖上，而是儒門吧？自古儒、墨不相容，原來真是如此？」

李泌沒有回答，不過神情顯然已是默認。

任天翔只感到滿嘴發苦，後心冰涼，他以陌生的目光望著李泌澀聲道：

「普天之下莫非王土，率土之濱莫非王臣，這天下怎容得下一幫游離於皇權之外的墨者？你們只有在危難之際才需要天地良心，只要稍有安定，你們首先想到的就是如何穩固自己手中的權勢，我早該明白這一點。」

李泌坦然迎上任天翔的目光，緩緩道：

「別人如何我不知道，但我可以坦白地告訴你，至少我從未將權勢地位放在心上，我所做的一切，都是爲了這天下的安寧。也許將來有一天，墨者的平等理念會成爲人們的共識，但是在今天，在這大唐帝國，它還不是大多數人可以接受的觀念，你們的存在將是大唐帝國下一個動亂的根源。爲了這天下的安寧，我不得不出此下策。」

「爲了天下安寧，爲了黎民百姓？有多少謊言是以此爲藉口？」任天翔嘲笑道，「我們生於斯、長於斯，這裏就是我們的家國和故土，我們爲什麼要走？就因爲我們與你們有著不同的觀念和想法？只要是異己，就在肅清之列？」

見李泌默然不答，任天翔決然道：「我們不走，我倒要看看你如何給咱們羅織罪名。」

李泌淡淡道：「只要朝廷有心對付你們，還用得著羅織罪名？至少我就知道，當年貴妃娘娘就是被你私自帶走，難怪我在你營帳中遇到的小兵，竟然有著與眾不同的雍容華貴，令人不敢直視。」

任天翔恍然醒悟：「原來你早就認出了貴妃娘娘，一直不點破，就是要利用我和義門爲朝廷效力？我果然沒有看錯你，你確實是天下無雙的謀略大師和天才戲子。」

李泌坦然道：「不錯，爲了平定戰亂，我必須借助一切可資利用的力量。你們在平定戰亂中發揮了極其重要的作用，付出了巨大的代價和犧牲，我替天下百姓謝謝你們。不過，現在天下已不需要你們，我對任兄弟也已仁至義盡，何去何從望兄弟慎重選擇。」說著，他衝門外拍拍手，對開門答應的儒門劍士吩咐，「送客！」

渾渾噩噩地回到家，任天翔只感覺滿腹悲涼和憤懣，小薇最先發現了他的異常，連忙窮追苦問。任天翔被逼不過，只得實言相告。義門弟子得知實情，不由群情激奮，紛紛破口大罵，有激進者甚至鼓噪要與儒門鬥上一鬥，讓實力來說話。

任天翔連忙阻止了大家的魯莽，無奈嘆道：「這天下已經遭受了太多的戰亂，我不想再生事端。這天地之大，我不信就沒有我墨者的容身之處。」

「不錯，好男兒四海爲家，何必拘泥於一隅？」

有人高聲應道，任天翔循聲望去，認出是來自東瀛的小川。

就聽他旁若無人地指點道，「公子何不去扶桑？我保證天皇會待公子爲上賓。」

扶桑？任天翔心中一動，望向義門眾兄弟，見眾人都在微微點頭。他哈哈笑道：「好！咱們就去扶桑！」

既然決心要走，任天翔也就不再耽擱。三天後就帶著義門弟子和家人上路，除了他們，他也帶上了楊玉環，他知道在大唐萬里河山，再也容不下這個特殊的女人。在去往海邊的路上，任天翔意外地遇上了司馬瑜和安秀貞。

司馬瑜在橫水大戰中被流箭射中了後腦，變得渾渾噩噩，呆呆傻傻，再不復原來的精明模樣。

任天翔心中十分難過，安秀貞卻寬慰道：「他現在這個樣子或許更好，不然以他好勝的性格，怎能接受這徹底的失敗？」

任天翔點點頭，關切地問：「你要照顧他一輩子？」

安秀貞含淚道：「雖然我知道是他害死了我哥哥和爹爹，但看到他現在這個樣子，我對他就再也恨不起來。也許這就是我命中注定的孽緣吧。」

任天翔暗自嘆息，告別安秀貞來到海邊，就見李泌早已率儒門眾劍士親自於碼頭相送。登上由朝廷準備的官船，任天翔回首西望，心中突然有種放聲大哭的衝動，不過他沒有將心中的感情流露出來，若無其事地對小川流雲道：

「小川君，不知你的家鄉在哪個方向？」

小川流雲遙指東方：「就在太陽升起的方向。」

任天翔最後留戀地看了故土一眼，毅然回頭向東一指：

「好！起航！」

望著遠去的風帆，李泌突然淚流滿面，對著東方拜倒在地，伏地無聲飲泣。

儒門眾劍士十分不解，肖敬天忙上前將他扶起，不解道：

「先生既不忍見任公子離去，為何又一定要逼走他們？」

「他們是真正的君子，也是太史公筆下的俠士。」李泌含淚嘆道，「只可惜他們的思想超越了這個時代。為了天下之安寧，我不得不將他們逼走海外。」

海天一色之處，風帆漸行漸渺，最終消失在大海的盡頭。一輪紅日從海中冉冉升起，將萬道霞光灑向碧海晴空。天地寥廓，碧海蒼茫，將墨者的事蹟，湮沒在歷史的長河之中……

全書完

大唐秘梟 卷9 千門世家（原名：智梟）

大結局

作者：方白羽
發行人：陳曉林
出版所：風雲時代出版股份有限公司
地址：105台北市民生東路五段178號7樓之3
風雲書網：http://www.eastbooks.com.tw
官方部落格：http://eastbooks.pixnet.net/blog
Facebook：http://www.facebook.com/h7560949
信箱：h7560949@ms15.hinet.net
郵撥帳號：12043291
服務專線：(02)27560949
傳真專線：(02)27653799
執行主編：朱墨菲
美術編輯：許惠芳

法律顧問：永然法律事務所 李永然律師
北辰著作權事務所 蕭雄淋律師

版權授權：方白羽
初版換封：2017年1月

ISBN：978-986-352-387-1

總 經 銷：成信文化事業股份有限公司
地　　址：新北市新店區中正路四維巷二弄2號4樓
電　　話：(02)2219-2080

行政院新聞局局版台業字第3595號 營利事業統一編號22759935

定價：280元　特價：199元

國家圖書館出版品預行編目資料

大唐秘梟 ／ 方白羽著. -- 初版-- 臺北市：風雲時代，
2016.08 -- 冊；公分

ISBN 978-986-352-387-1（第9冊；平裝）

857.7　　105015223